KB094355

허영만의
커피 한잔 할까요?

3

허영만 글, 그림 | **이호준** 글

위즈덤하우스

박석
2대커피의 주인.
책임지기 싫어서
결혼도 안 했다.
커피 하나만큼은 자신 있다.
강고비
2대커피의 바리스타.
박석의 가르침을 따라
열심히 커피에 대해
배우고 있다.
김선생
박석의 여친.
만화가 미나
이제나저제나
뜨기만을 염원하는
3류 만화가.
평론가 초이허트
카페의 운명을 좌지우지할
만한 커피 평론가. 강고비의
라이벌.
2대커피 단골 정가원
고비를 짝사랑하는
고등학생. 꿈을 위해
제과기술을 배우고 있다.

차례

16화

그라인더를 돌려라

내 이름은 김병순.

직업은 전문 번역가이다.
그동안 인문학과 정치사회학
그리고 경제학과 과학 위주의
원서를 번역했다.
특이한 것은 모두 대학 전공이나
경험과 아무런 연관이
없는 분야라는 것이다.

주변 사람들은 어떻게 번역이
가능하냐고 묻지만 답은 간단하다.
경제학을 번역할 때는
경제학자로 변신했고
과학서적을 번역할 때는
과학자로 변신했다.
다른 분야도 마찬가지다.

지난주 커피와
철학을 넘나드는
흥미로운 책의
번역을 의뢰받았다.

미국에서는 18세 이상 인구의 절반 이상이
날마다 커피를 마시고… 실제로 미국인의 일 인당
하루 커피 평균 소비량은 석 잔 반이다.

컥!
일, 십, 백, 천, 만, 십만…
진짜 대단해!

뭘 그리 혼자
감탄하고 그래?
!

당신,
전 세계에서 해마다
소비되는 커피가
몇 잔인 줄 알아?

우리나라 사람들이 마시는
소주 양보다 많으려고.

오천억 잔!

끄아~

우리나라 커피 업계 종사자는 몇 명이나 되지?
그건 왜?

백만 명?
그중에서 삼십 퍼센트만 우리 책 사줬으면 좋겠다.

상상으로 끝내.

그런데 커피… 괜찮을까?

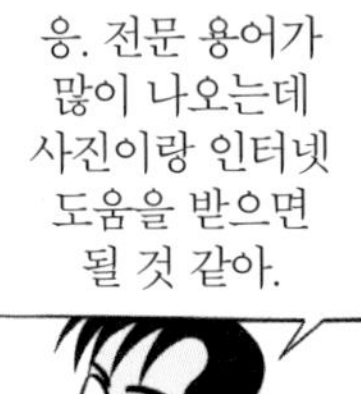

응. 전문 용어가 많이 나오는데 사진이랑 인터넷 도움을 받으면 될 것 같아.

걱정돼.
뭐가?

커피 공부를 안 했잖아.
할까 했는데 안 해도 되겠어.

나도 엄마랑 마찬가지 생각이야. 커피라고는 봉지 커피밖에 모르는 아빠가 과연 제대로 번역을 할 수 있을까?

봉지나 원두나 똑같은 커피지 별거야?
원서를 번역하는 것이니까 특별할 것 없어.

후안 발데스 알아?

유명한 바리스타야? 아니면 철학자?
……

됐어.

너 왜 아빠한테 쌀쌀맞게 구는 거니?
재작년 정치 서적 번역할 때 생각나서.

그때야 아빠가 정치 성향이 맞지 않은 책을 번역해서 그런 거잖아.

커피도 안 맞아.
벌컥 벌컥

가장은 가족을
위해서 싫은 일도
하는 거야.
그 일이 자신에게
얼마나 괴롭냐는 건
생계 다음의 문제지.

아빠는 작품에
공감을 못 하면
늘 헐크처럼 변하잖아.
안경 쓴 헐크.
텅

커피가 정치만큼 어렵고
복잡한 건 아닐 테고
철학은 또 아빠 전문 분야 중
하나니까 걱정하지 마.

그런데
후안 발데스가
누구니?
됐어.

요새 출판계
죽을 맛입니다.
그러게요.
빨리 나아져야
할 텐데요.

한 가지
부탁하고 싶어요.
말씀하세요.
적극적으로
반영하겠습니다.

커피와 철학 중
커피 부분을 좀 더
매끄럽고 품위 있게
표현해주세요.

요새 철학을
누가 찾습니까?
이번 책은 커피
마니아층과 커피
관계자들을 대상으로
마케팅할 겁니다.
그래서 선생님이
필요하실 때마다
조언을 들을 수 있는
카페를 하나
섭외할까 합니다만….

저도 염려했었는데
훑어보니까 아주
단편적인 내용들이
주로 나오더군요.
예를 들어 볼테르가 하루에
커피를 적게는 50잔, 많게는
100잔까지 마셨다는 것과
베토벤이 정확히 커피콩
60알갱이를 갈아서
커피 한 잔을 만들었다는 등….

선생님을
못 믿어서가
아니라 도움이
될까 싶어서죠.

강배전과
약배전
커피의
차이를
말해볼까요?

약배전 커피는
산뜻한 신맛이 강하고
향이 좋고 발랄하죠.
반대로
강배전 커피는
신맛이 매우
약하지만
입 안 가득 질감이
적당하고 여운이
오래 남습니다.

어때요?
이 정도면 안심하고
맡기셔도 되지 않을까요?

허험!

자, 이제 본격적으로
시작해볼까?
꽉

잘 사귀어보자!
탁

커피하고
불교하고 무슨
관계가 있다고
윤회론을
들먹여?

커피에서
꽃 향기를 찾고
견과류 맛을 찾아?
커피가 무슨 꽃이야?
땅콩이야? 와인이야?
물 한 잔 마시는 데
이렇게 엄숙을
떨어야겠어?

여보,
들어가서 자야지.
벌써 한 시야.
으… 으응.

들어가 편히
자라니까.
아…
알았어.

으음.
역시 산책이야.
마음이
가라앉았어.

으으… 이거 뭐….

하자!!
하면 된다!!
뭐가 돼?
여전히 진도가
나가질 않아.

우리 나가!
국만 데우면 되니까 점심 거르지 마.
알았어! 알았어!
HARVARD

얘! 방해 말고 가자.
위험해.
HARVARD

으아아악! 이깟 커피 가지고 뭐 이리 유난들을 떠는 거야! 도대체 왜! 왜!
까득
까드득

산책으로
안 돼! 러닝!
헉헉헉헉!

쏴아아

어. 개운하다.

이 기분 살려서….

달그락
달그락
쏴아아
!

지금 뭐 해?
보면 몰라!
쏴아아
HARVARD

놔둬. 내가 할게.
왜 안 하던 짓을 해.

이런 거
즉시즉시
해라!
신경 쓰여서
작업할 수가
없어!

에이!
뭐 이렇게 기름기가 많아!
HARVARD

오늘 칼국수
정말 맛있더라.

다 네 덕분이야.
네가 알려준
앱에서 찾았어.
컴퓨터 안 켜고
바로바로 찾을 수
있으니까 너무 좋지?
HARVA

내가 수작업으로 만든
물건 파는 앱도 알려줄게.
HARV

빵
빵
엄마야!
VARD

어서 가!
신호 끊기겠어!
빵
빵

차 안에서 스마트폰
보는 것 불법인 것 몰라?
신호 바뀌어도
출발을 안 해!

지글
지글

식사하자.
아빠 불러.
아하.
냄새 좋은데.

이거 무슨 냄새야?
당신 좋아하는
갈치조림!

에이! 누가 이런 것
먹고 싶댔어?

가뜩이나 안 풀려
죽겠는데….
빨리 먹고 치워!
환기하고!
쾅

짐작한 순서대로야.

딸칵

덜컥

팟
!!!

어디서 뭘 하다
지금 들어와!
RVARD

엄마한테
늦는다고
얘기했어요.
나는
들은 적 없어!
VARD

당신 작업 중이라
이야기한다는 걸 깜빡했네.

집구석이 이러니
작업이 될 게 뭐야!

비겁해!
HARV

뭐?

작업한다고
집안 분위기를
엉망으로
만들고 있잖아!
이게 가족을
위한 거야?
엄마와 나를
위한 거야?
내가 늦게
들어오는 것도
다 아빠
때문이라고!

이놈이!

얘 얘, 어서
들어가자.

애는?
학교 도서관 갔어.

통금시간
아홉 시라고 전해.
만약 어기면
그냥….

내가 보기엔
애가 문제가
아니고
당신이 문제야.

왜 우리가
당신 신경질
받아주면서
숨도 제대로
못 쉬고
살아야 돼?

당신 기억나?
정치 서적 번역하다 책 집어던져서
애 경기하고 응급실 실려 간 거….

애가 컸어.
당신 또 그러면
대드는 걸로
끝나지 않을걸.

앞으로 6개월 동안 번역할 건데
그러지 말고 도움을 받아봐.
아니면 이번 일을 포기하든지….
나도 더 이상은
못 보겠어!

…….

반갑습니다.

출판사에서
연락받고
기다리고
있었어요.
왕초보예요.
잘 부탁합니다.

커피 책을 번역 중이시니
오히려 저희들이
잘 부탁해야죠. 헤헤.

제 사정은
대표님께
들으셨죠?
도움이
절실합니다.

고비야, 약배전하고
강배전 커피 좀
마셔보자꾸나.
옛썰!

먼저 이 커피를
드셔보시죠.

한 모금 드시고

입 안에 잠시
머금은 뒤

곧바로 삼키지 말고
혀로 맛을 보세요.

다음 커피를 마시기 전에는
물로 입 안을 헹구고
다시 똑같은 방식으로
맛을 보세요.

어느 쪽이 약배전 커피고
어느 쪽이 강배전 커피일까요?

이건 이미 책에 나온
애기인데 이쪽이
약배전 아닙니까?
이유는?

신맛 때문입니다.
로스팅 시간이 길수록
신맛이 떨어지니까
이쪽이 강배전이고요.

죄송합니다!
이 커피는 둘 다
강배전 커피입니다!
!!

그럼 책의 내용이
틀렸단 말입니까?

책의 내용도 맞고
제 말도 맞습니다!
아니! 이… 이건….
사람을 놀리는
겁니까?

미리 알려드렸어도
믿지 않았을
겁니다.

왜냐하면 선생님은
지금 우울증을
앓고 계시니까요.

우울증!
말도 안 돼요!

아름다움을
머리로는
인식하면서
감정적으로
느끼지 못하는 것은
우울증의 한 가지
증상입니다.
머리로는
이해가
되는데
가슴으로
느끼지
못하는 것!

선생님은 지금
원작자의 행동이나
사례들에 공감하지
못하고 주위에서
겉도는 것입니다.
당연히
번역하시는 데
방해가 되는
감정이죠.

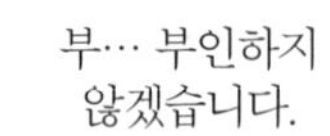
부… 부인하지
않겠습니다.

푹

선생님만의 증상이 아닙니다.
와인 수입 초기에도 그랬듯이
최근 커피에 열광하는 사람이
많아질수록 원두커피를
사치, 과시욕, 겉멋이라
보는 사람들이 많습니다.

어떡하면 가슴으로
느낄 수 있을까요?
저는 이 번역을
포기하고 싶지 않아요.
진퇴양난입니다.

진단이 나왔으니
처방을 해야죠.

해결책이
있습니까?

바로 이겁니다!

커피 교육을
기대하고
왔는데
이것은… 좀….

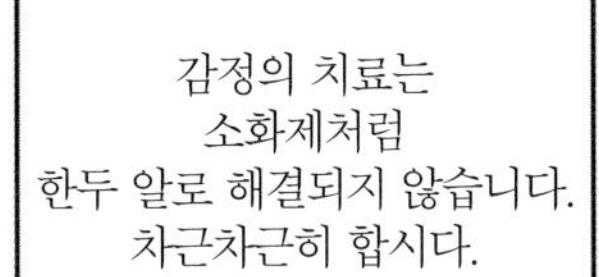
감정의 치료는
소화제처럼
한두 알로 해결되지 않습니다.
차근차근히 합시다.

이주 후에 오세요.
그때 다시
이야기 나눕시다.

원두는 그 정도면
충분할 겁니다.
공짜입니다.
너무 많아요.

오늘 로스팅에
실패한 원두입니다.
어차피 버릴 건데
많이 가져가세요.

예?
아깝게 이걸 버려요?

저희는 영혼이 담기지 않은 커피는
팔지 않습니다.

또….

이… 이….
덜그럭
덜그럭

이게 도움이 된다면
못할 것 없지.

원두를 넣고

억!
잘 안 돌아가네.
드륵
드륵

드르르르
아, 이제야
돌아간다.

드르르르

이게 뭐
어쨌다는 거야?

하하!
……
……
깔깔깔!

덜컥

쉿! 아빠다.
!

덜컥

드르르르
드르르르
드르르르
드르르르

왜 저래?
그라인더 내용이 나왔나?
드르르르
드르르르
드르르르

열심히 갈고 있다는 건 원두커피에 가깝게 갈려고 애쓰는 중이라는 거지.
엄마! 저거 보여? 아빠 등에 꽃!

드르르르
드르르르
드르르르르
드르르르
디리리

드르르르르르르

박 대표님, 미안합니다.
마감을 조금 늦춰야겠습니다.
다시 시작하려고요.
아깝긴요.
전 영혼이 담기지 않은 번역은 하지 않습니다.

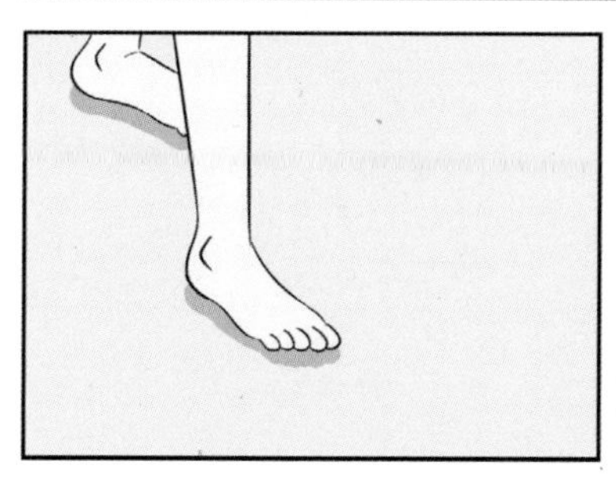

그라인더를
돌려주세요.
그래!

너랑
커피 마시니까
좋다야.
봉지 커피랑은
다르지?
드르르르

뭣이냐… 커피를 고르고 볶고 갈고
드립을 하는 동안에 마음이 정리되고,
나를 위한 의식행위를 하는
느낌이 들어서 좋아.
이젠 얘기가
좀 되네.

네가 내린 커피
맛있다야.
아빠 그라인더 돌리는
솜씨 덕분이지.

부녀가 카페 차릴까?
조심해. 카페 타령하다가
쪽박 찬 사람들 많아.

번역 다시
하기로 했다.
마감은 칼 같이
지켰었는데
괜찮겠어?

윤회적으로
대답해줄까?
아니면
형이상학적으로?
크크크.

이 커피처럼
천천히 즐기면서 일할 거야.

또 짜증 내면
안 돼!
걱정하지 마라.
그라인더가 있잖아.

그런데 아빠,
그라인더 돌리는 게
진짜 도움이 돼?
너도 화날 때
돌려봐.

원두를
갈다 보니
내 마음의
모난 부분도
함께 갈리더라.
하하하.

자, 나는 지옥으로
들어간다.
아빠, 파이팅!

참, 후안 발데스가 누구지?

1960년 콜롬비아커피생산자협회의
의뢰로 뉴욕의 광고 회사가
만들어낸 광고 캐릭터야.
콜롬비아 커피의 대명사로 통해.
Café de Colombi

으음… 그랬구나.
땡큐.

탁

커피 마실 때가 참 좋다.
생각할 시간을 주기 때문이다.
그것은 음료 이상이다.
-거트루드 스타인-

◇◇◇ 17화 ◇◇◇

미스터 클레버

또각
또각
또각
또각
또각
으미~ 미쳐!
지상에 없는 천상의 미녀야!
정신 차려. 넌 유부남이잖아.
패션 감각도 그만이고!
누가 데려갈지 모르지만 만복 터진 거야!
퀸카 중의 퀸카~
으이그. 꼴 보기 싫어.

전무님,
나오셨어요?
!!
!!
!!

우당탕
쉬익

엑.
참, 전무님 베트남
출장 가셨잖아.
전부들 뜬구름
잡지 말아요.

남자친구 있대요.
미남이고
스포츠카 타고 다니는,
잘나가는 외국계 회사
뱅커래요.
음매~
기죽어.

김창호 씨는
비서실 이서진 씨에게
관심도 없나?

저요?

됐어요.
그 얼굴로 뭘….
얼굴
돌려요.

점심 먹으러
갑시다.
식사 후
커피 한잔
할까요?

이 근처에
더치커피 제대로
하는 집 있어요.

더치커피? 네덜란드
동인도회사의
긴 항해 때문에
생겼다는 그 커피?

그렇게들
알고 있는데
확인된 바는
없어요.
네덜란드
사람들조차
모른대요.
다만 일본
사람들이
상업적으로
이용한 건
맞는 것
같아요.

커피 공부
그만하고
여자 공부
좀 해봐.

부르셨습니까.
회장님.

음….

이 커피…
캡슐 커피지?

예.
최고급 캡슐입니다.

다른 걸로 바꿔보자.
드립 커피로.

다른 회사들은 거의
직접 커피를
내려서 주더라고.
이게 나쁜 건 아닌데
아무래도 성의가
없어 보여.

무슨 일이
있으셨습니까?

거상물산
박 회장.
박 회장님이
왜?

날 무시해.
내 취향이
워낙 저렴해서
캡슐커피를
못 벗어난다고
떠들고 다녀.

우리 회사가
자기 회사보다
더 잘나가니까
그런 줄은
알겠지만….
하여간
바꿔보자고.

예.
조치를
취하겠습니다.

금방 박 회장과
미팅 있지?
예. 다다음 주
월요일입니다.

결국 커피 때문에
우리 회사에서
만나자고 하는 걸 거야.

유명
바리스타를
초청할까요?

유난 떨지 말고
조용조용.

어휴. 박 회장님 때문에
우리가 커피 공부를
해야 한다고요?
박 회장님 소문난
커피광이신데.

제가 유명 카페들을
조사해서 리스트를
만들어볼게요.

빨리 해.
시간 없어.

오늘 치맥
어때요?
매일 치맥, 치맥
지겹지도 않아요?

그럼 골뱅이?
오십보백보.
아무튼
나가죠.

저는 집에 빨리
가야 합니다.
또 커피?

아뇨.
어머니 호출이요.

저 친구 미꾸라지처럼
슬쩍슬쩍 빠진다니까.

쉿!

부우웅
부웅

서진 씨다!
밖에서도
눈에 확 띄네!

끼익
PORSCHE
911

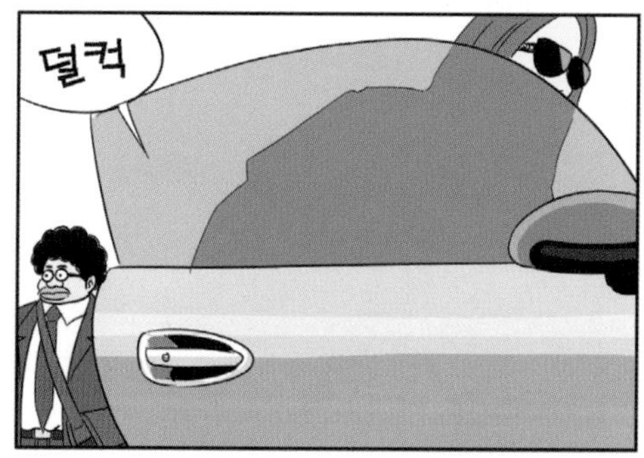
덜컥

탕

부우우웅

오늘 바빠서 약속 못 지킬 뻔했어.

회사 그만 두는 게 어때?
그런 정도는 아니고.

근데 옷이
그게 뭐야?
구두는 또!

왜?

오늘 저녁은
미슐랭 가이드
스리스타 셰프
갈라 디너쇼라고
말했었잖아.

시… 신경
썼는데?

후져!
옷이랑 구두 새 걸로
사서 바꾸자!
덜컥
부아앙

후우~

이제야
살 것 같다.
회사에서
무슨 일 있었어?

허니 프로세싱: 생두가 들어 있는 파치먼트의 점액질을 제거하지 않고 말려서 생두를 얻는 가공 방식.

잘 왔다.
기다리고 있을 테니까
맛있는 원두로 변신해줘.

중증환자야.
저보다 더해요.

자기야,
저 냄새나는
노총각
앞으로
여자 없이
혼자 오면
출입금지
시켜!

그런 법이
어딨어요?

커피 잔 끼고 혼자
앉아 있는 청승 보느니
내가 안 오고 말지.
그편이
낫겠네요.

난 내 애인이
더 중요해!
깔깔깔!
깔깔!
크흐흐!

오르되브르(Hors d'oeuvre), 아뮤즈부쉬(Amuse Bouche): 서양 요리에서의 전채 요리.

오늘 바에 갈
기분 아니다.
그냥 집에 가라.

그게 그렇게 화낼 일이야?
참내.

좋은 아침!
어서 오십시오.

저기요.
!

이거 어제
빠뜨렸죠?

이걸 저 주려고
기다리셨어요?
다시 뽑으면
되는데….
감사합니다.

2대커피가
빠졌던데요.
2대커피요?

예. 제가 아는 한
대한민국 최고의
카페 중 하나입니다.

여기 적힌
카페 다녀보고
아니다 싶으면
그때 가볼게요.
뭣 때문인지는
모르지만 더운 날
고생 말고
2대커피로
바로 가는 게
나을 겁니다.

여러 가지
커피를
마셔봐야
좋은 커피를
알 수 있죠.

그 말도 맞네요.

별일 없는 한
퇴근하고
늘 들르는
곳이니까
한번 오세요.
제가
대접할게요.

한가롭게 커피
마실 시간 없어요.
진 이만.

뭐 꼭 오라는 건
아니고요.

정창호!
박력 있던데!
그래, 무슨
이야기했어?
약속
잡았어요?

왜들 이래요?
서진 씨를 잡으면
이 회사 스타가
되는 거예요!
아이고!
배 아파~

정창호 고물 총각
딱지 떼게 생겼는데
가만 있을 수 없지!
치맥 내가 쏜다!

2차는
당사자가 쏴!

제가 왜요?

짝사랑하는
미인에게
처음으로
말을 건
날이잖아요!

아니지만…
그러죠!

꺼억.
못 살아.
2차가 결국 커피야?
아~ 리듬 끊겨.

빨리 마시고
막걸리에 파전
때리러 갑시다!
옳소!

…….

여자 여자.
끄억

뭐야!
지금 나보고
여자라고 했어?
이거 왜 이래!
창호 씨 내 스타일
아니거든!
내가 인사과로
발령 나면 너들
다 자를거야!
우욱
아우
시끄러

반갑습니다.
최근에 들어온
인도네시아
만델링입니다.
만세!
짝짝짝
만델라?
죽었잖아?

못 말려.

또각
또각

끼이익
서진아! 타!

그것 버리고!
커피를 버려? 왜?

차에서
뭐 먹는 것 싫다!

그럼 밖에서
마시고 타면 되지.

이 카페에서
배우기로 했어.
맛이나 봐봐.
괜찮은지.

마셔봤자 뻔해
쓰레기야!

빨리 타. 우리 집 가서 커피 마시자.

대한민국에서 나를 만족하게 하는 카페 커피는 없어!

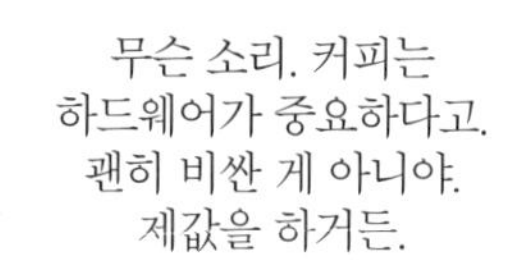

원두는
COE급으로 하고.
COE?

컵 오브
엑셀런스.
세계 최고의
생두라고
보면 돼.
자세한 건
인터넷
찾아보고.
자, 시작하자.
!

마음의 평정을
유지하고 내가
말하는 대로
따라서 해.

온도계와
저울은
무조건
필요해.

지금
몇 도야?
93도.

그럼 필터가 놓여 있는
드리퍼에 물을 부어.
원두도 없이?

그냥 부으라면 부어!
시간 없다면서!

확 붓지 말고
한 방울 한 방울
물줄기를 최대한
가늘게 늘어뜨려!

왼팔은
고정 타이머
누르고 시작!

아 답답해!
초등학생도
한 번에 할 수
있는 건데
왜 그래?

다시!

40초 동안
기다려!
뜸을 들여야
하니까!

밥도
아니고…
그냥
하라면 해!
최고의
커피를
만날 수
있으니까!

좀 상냥하게
설명해주면
안 돼?
집중!
집중!

1차 추출은
중앙에서부터
시계 방향
나선형으로!

평생 그 비싼
커피랑 자동차
껴안고 살다
죽어라!
진짜 귀한 게
뭔지도 모르는
인간아!

어? 뭐야?
가는 거야?

야! 거기 서!
이대로 가면
끝인 줄 알아!

기이잉

!

졌다!
풋!

기이잉

어서 오세요.
또각
또각
또각
또각

진짜 매일
오시나 봐요?
풋.

진짜
자신할 만한
커피인지
확인해보고
싶어요.

앉으시죠.

넌 이쪽에 앉고.
샥

…
…

…….

…….

어우, 저 목석
말을 해
말을….
커피 맛을
물어보든지
미션 임파서블
영화 얘기를
하든지….

정말 내가
마셔본 것 중
최고네요.
기어코 여자가
먼저 말을
꺼내는군.

실은
커피 때문에
고민이에요.
시간은 얼마 없고
방법은 아직
못 찾았고….

…….
저 인간은
입이 없어?

클레버!

아! 마… 맞다! 클레버!

지금 시간 있죠?
예. 저 시간 많아요.

창호 씨가 알려드려.
제가요?

난 로스팅 때문에 바빠.

고비야!

아이고, 약속이 있는 걸 잊고 있었네.

앞에 계신 여성 기다리게 하지 말고 빨리 알려드려요.

대만에서 개발된
클레버는 매우 간단한
도구예요.
초보자들도
전문가 못지않은 맛을
낼 수 있게 해주죠.

드립에 어려움을 느끼는
사람들에게 딱이에요.

클레버….
현명하다는 뜻이죠?
예.

이제 필터를
준비하는데요.

가장자리를
만져보세요.

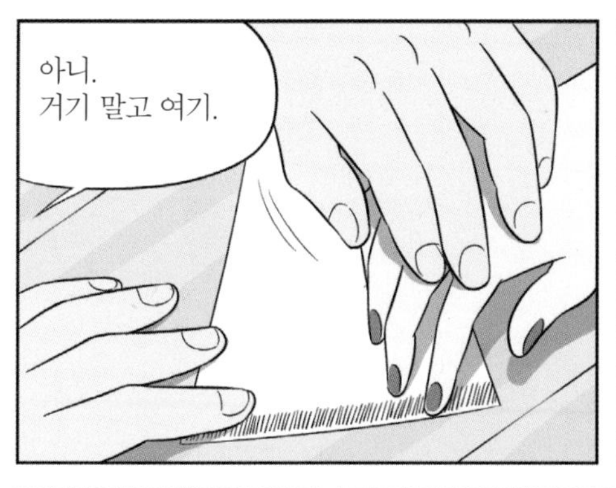
아니.
거기 말고 여기.

이쪽이
울퉁불퉁하네요.

울퉁불퉁하면
불편하니까
안쪽으로 접고

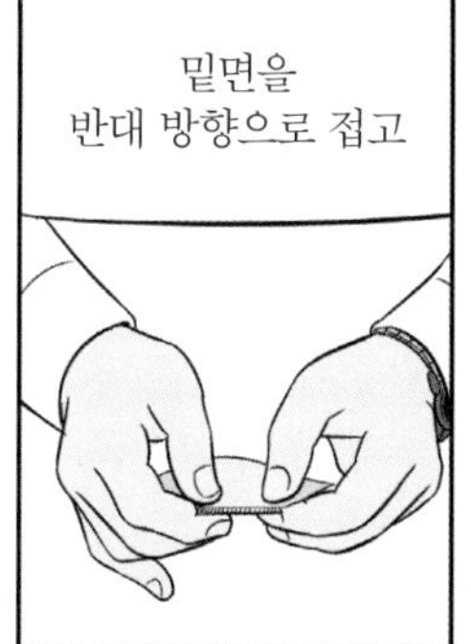
밑면을
반대 방향으로 접고

어때요?
악마 뿔
같죠?
그렇네요.
깔깔깔.

서버 위의
클레버에
필터를 넣고

끓인 물을
1분 정도 식혀서
온도가 92도 정도로
떨어졌을 때 물을
필터 위에
부어줍니다.

원두커피를
넣지 않고요?

린싱이라고 합니다.
필터의 종이 냄새를 없애면서 필터와
드리퍼를 밀착시키는 효과가 있습니다.

물이 먼저 서버로 떨어져서
서버를 데우는 효과도 있고요.
이래야 커피 맛이
달라요.

우리가 끼지 않길
잘했어.
흐흐흐.

이제
가루
커피를
넣습니다.

대게 1인분에
18g의 원두가
적당해요.
이것 한 숟가락이
딱 1인분용
입니다.

여기 세로줄이
끝나는 데까지
물을 붓고요.

이제 기다립니다.
50초 동안.
아, 예.

으흥흥흥흥
시간은
안 재세요?

이 콧노래 끝나면
딱 50초예요.

온도계하고 저울
눈금 보는 것보다
이게 낫잖아요.
즐겁게 내리는 커피가
맛도 더 좋습니다.

앗! 서진 씨가
말 시키는 통에 시간을
잴 수 없었어요!
몇 초 지났죠?
넌 아니?

27초 지났어요.
땡큐.

이제 물 표면에 떠오른
원두를 잘 섞어주고
다시 기다립니다.

으흥흥흥항흥~

1분 30초!
서버 위에 클레버를
올려놓으면….

커피가
서버에
떨어집니다.

신기해요!

마지막으로
서버의
커피를
잘 저어
주고….

어때요?
쉽죠?
마셔 보세요.

어휴. 다행이네요.
한번
해보실래요?

좋아하는
사람… 아니
좋아하는
노래 있죠?
물론이죠.

긴장하지 마세요.
잘못되면 다시 하면
되니까요.

자요.

원두입니다.
클레버는 간단하지만
원두가 좋아야 합니다.
고마워요.

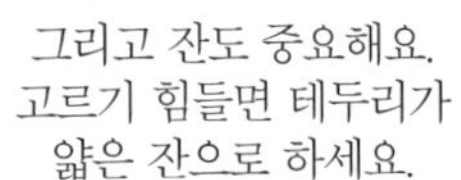
그리고 잔도 중요해요.
고르기 힘들면 테두리가
얇은 잔으로 하세요.

빵빵

제가 콜택시
불렀어요.
걱정되니까
문자 주세요.

텅
귀한 분이니까
안전운전 해주세요.

요금입니다.
잔돈은
가지시고요.

부우웅
로 랑

정말
괜찮을까?
너무
간단해.
믿으세요!

철컥

아직 콜 없으시지?
예.

덜컥
!!

오늘 이렇게
와주셔서 감사합니다.
아, 예.

커피 맛은
괜찮았습니까?

천 회장님은
캡슐 커피를
드신다 알고
있었는데
솔직히
놀랐습니다.

좋으셨군요.
다 비서들이
애쓴 거지요
뭐.

오늘 천 회장님께
한 수 배우고
갑니다.
하하하.
고맙습니다.
우리 비서를
출장 보낼까요?

성공!

내일 봅시다.
안녕.

저벅
저벅

미스터
클레버!

저요?

그럼
누구겠어요?

결과는 어찌 됐어요?
칭찬받았어요.

다행이네요.

뭐 먹을까요?
저녁 쏠게요.

좋아요.
짜장면에
탕수육
어떠세요?

물론이죠.
그런데 조금
걸어야 해요.
괜찮겠어요?

다음부터는 플랫슈즈로
갈아 신고 나올게요.

다음!

빨리 가요.
배고파요.

식사하고
커피도 쏠게요.
2대커피 가요.

오늘은 저한테
맡겨주세요.
커피는
제가 쏠게요.

오늘 커피는
어떤 걸로 하죠?

음… 에티오피아
원두를 내려보죠.
전의 원두와는
확연히 다릅니다.

정말요? 기대돼요!
또각
또각

요새 창호 씨
발길이 뜸한데?

며칠 전에
저한테
그랬어요.
커피보다
서진 씨한테
애정을
쏟는 중이래요.

으음.

나도 김 선생에게
애정을 쏟으러
가볼까?

고비 오빠!
!

나 요즘 아파. 산만해.
KENZO

오빠가
치료해줘.

앉아. 클레버로
해줄게.

좀 나아졌어?
응.
아아! 커피의 기막힌 맛이여!
그건 천 번의 키스보다 멋지고
마스카트의 술보다 달콤하다.
혼례식은 못 올릴망정
바깥 출입을 못 할망정
커피만은 끊을 수 없구나.
-바흐-

그 남자의 어디가
매력 있었죠?

입술.

◇◇◇ 18화 ◇◇◇

고비의 선택

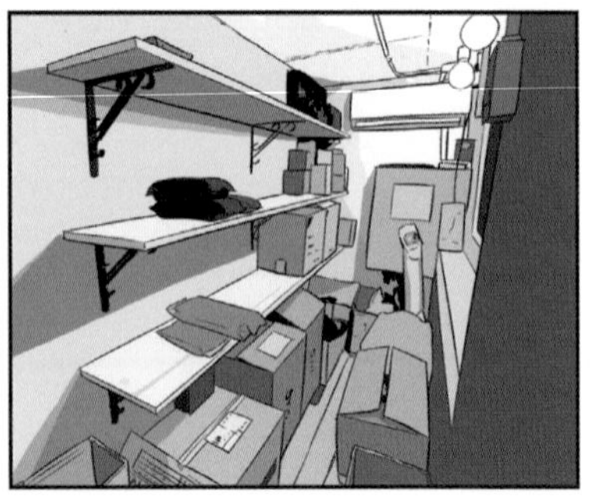

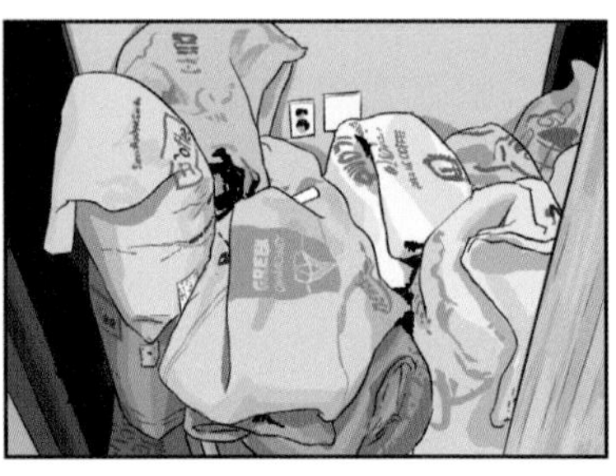

선생님,
생두가 거의 떨어졌습니다.

그렇지 않아도
강 사장한테
내일 간다고
연락했다.
좌악

알겠습니다.
여기는
염려 말고
다녀오세요.
아니
여기는 내가
있을 테니까
고비가
갔다 와라.

와! 고비가
이제 생두까지
책임지는 거야?

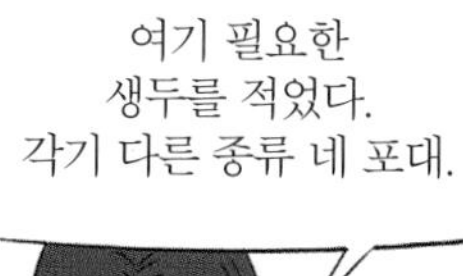
여기 필요한
생두를 적었다.
각기 다른 종류 네 포대.

강 사장한테
전하면
줄 거야.

단순한
심부름
이네요.
헤~

그게 아니지.
지금까지 생두는
어떤 경우라도
다른 사람에게
부탁한 적이 없어.
배달조차도.

자기가 직접
고르고 확인하고
나르고 했지.
다른 사람이 가는 건
고비 네가
처음이야.

곧 쪽지 없이 골라야
할 날이 올 테니까
그걸 대비하는
연습 과정이라 생각해.
쏴악

알겠습니다.

꺄아!
내일 우리 둘만
카페에 있겠네!
아이 좋아!

엘카페딸

무슨 커피냐?
선물 받은
블루 마운틴입니다.

오오!
허리케인 피해로
구하기 힘들다는
그 귀한 원두를!
나도 맛 좀
보자!
크크.
BOTTOMLESS CUP 5c

CA ETAL
끼이익
2대커피

ETAL

COLOMBIA
어때요?

이게 블루 마운틴?
아니야!

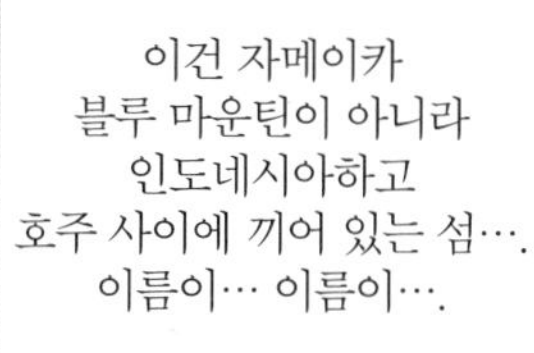
이건 자메이카
블루 마운틴이 아니라
인도네시아하고
호주 사이에 끼어 있는 섬….
이름이… 이름이….

파푸아뉴기니!
그래!
거기 생두야!
DRINK COFFEE

여하튼 블루 마운틴은
맛잖아요.

맞긴 뭐가 맞아!
바리스타는
생두의 원산지를
뭉뚱그리지 말고
정확하게 말해줄
의무가 있어.

죄송합니다. 주문
도와드릴까요?
강인규 사장님을
뵈러 왔습니다.

제가 강인규
인데요.

복장이
너무….

사람은 겉보다
내용물이
더 중요해요.
흐흐.

2대커피
박 선생님이
보내셔서
왔습니다.
아! 연락받았어요.
광고비.

오케이 오케이.
뭐로 마실래?
생두를 먼저….
Coffee!
We Can Do It!
TODAY'S MENU

나 아무에게나
막 커피 내려주는
사람 아니야.
날도 더운데 밖에서
아이스커피로 하자고.

거기 앉아.
예.

자.
턱

아이스
커피를
머그잔에?
고수들은
형식 따위는
안중에도
없나?

어때? 끝내주지?
여운이 전율로
다가오는 커피 만나기
쉽지 않을 거다. 흐흐.

맛있는 커피란
첫째, 뜨거울 때도 맛있고
식어도 맛있고
둘째, 입 안이 개운하고
목 넘김이 좋고
셋째, 한 잔 마시고
또 마시고 싶고.

이… 이게 뭐야!
잘못 내렸잖아!

아! 창피해!

실은 비린내도
좀 납니다.

야!

라테 담았던 잔은
더 깨끗이 씻어야 한다고
몇 번을 말했냐!
우유 때문에
비린내가 나잖아!
아씨~
오전에만
두 번 깨지네.

내가 내렸지만 정말 못 먹겠다!
이… 이건 추출 잘못이 아니야!
로스터에게 더 볶으라고 해!
수분이 덜 날아가서
잡맛이 난다고!
아무렴요.
추출한 사장님은
잘못이 없겠죠.

대한민국에서
커피 하기 힘들어.
좋은 생두를 구해도
여름에는 습기,
겨울에는 수축, 팽창 때문에
신경을 놓을 시간이 없어.

저는 생두 수입 업체라
생각하고 왔는데
카페도 하시네요.
이 카페는 내가
수입하는 생두를
테스트하는 곳이야.
손님 반응을
볼 수도 있고.

여기 선생님 쪽지.
네 종류, 네 포대입니다.

세 종류밖에
없는데?
그럴 리가요?

어? 정말?
어제 받은
쪽지를 이제야
확인하는 거야?

전화로
여쭤볼게요.

어허!
그렇게 뭘 모르나?
예?

세 포대는
적힌 대로 가져가고
나머지 한 포대는
고비가 골라봐.

그러다가 실수하면
어떡해요?

그 정도 배짱은 있어야
2대커피 수제자지!

박석 선생님과
나는 15년
인연이야.
내가 잘 알아.
그… 그래도.

허니~
!

이 서류가 왜 아직도
여기 있어요?
BLVD

뭐가?
헉! 어제
보내라고
시켰는데.
아~
나이
때문인지
깜빡하는
횟수가
느네.
나이가
문제가
아니라
술과
담배가
문제지요.

진정해.
내가 바로 보낼게.
허니 믿고
일하겠어요?

혹시
사모님?
맞아.

미래에 대해
아무 생각 없던 때
나를 커피로
안내한 여자.
나 하나 믿고
콜롬비아를 떠나
고생 참 많이 했지.

아무래도 선생님께
연락을 드려야….

아니 이게 누구야?
!!

2대커피 직원
아니신가!
광고비!

둘이 아는
사이인가?
몇 번
만났지요.

오늘은
웬일로?

생두 좀 보러
왔어요.
카페 창업 컨설팅
의뢰가 왔는데
생두만 고르면
끝납니다.

샘플이
필요한 건가?
아뇨.
확인하고 바로
구매하겠습니다.

호호.
난 이런
손님이
좋더라.

넌 왜 왔어?
생두 구매하러
왔지.

구매?

푸하하하하!
구매가 아니라
심부름이겠지!
고개나
똑바로 하고
비웃어!

좋은 관계는 아닌 것 같군.
자, 자, 그만 싸우고
창고로 가자고.

이 직원하고 같이
가는 겁니까?
그런데
뭐가 문제야?

혼자 가겠습니다.
생두의 생자도 모르는
아마추어랑 같이
고르고 싶지 않아요.

왜?
박석 선생님의
생두 심부름을
할 정도라서
질투하는 건가?

질투는 나만큼
뛰어난 뭔가를 가진
사람한테 하는 거야.

너 혹시 가장 좋은 생두가 뭔지 아나?

정답은 간단해. 비싼 생두!

글쎄 저렇다니까. 한심해.

그럼 가장 맛있는 생두가 뭔지 아나?

파치먼트를 깐 후 3일 이내의 생두야. 그걸 볶으면 커피 맛이 환상이지.

그래서 파치먼트 상태로 생두를 수입하면 좋은데 그건 종자로 보기 때문에 수입이 어려워. 부피가 커서 물류 부담도 크고….

생두 수입은 시간이 오래 걸리고 적도선을 통과할 때 생두의 변질 위험성이 높아서 수분이 9~14% 상태의 생두를 수입하는 게 안전하지.

비싼 생두는 압축 진공 포장을 해서 위험 부담을 낮추기도 해.
아는 척!

넌 실력도 없고
파치먼트 상태의
생두를 만날 수도
없어.
하지만 나는 좋은
생두를 고를 수 있는
경험과 안목이 있지.

그러니까
아마추어는 빠져.
소 뒷걸음질 치다
쥐 잡는 꼴 못 보겠어.
잘난 척!

이론은 박사인데
매너는 왕초보구먼!

이러다 싸움 나겠다.
이럴 때는
가위바위보가
최고야.

가위바위보!

가위바위보도
실력이야.
…

슥
끝났다!
!

포대에 산지가 적혀 있으니까 괜히 시간 낭비하지 말고 그걸 보고 골라.

한 가지 충고하지.
생두의 등급이 모든 걸 대변하는 건 아니라는 것!

쪽지에 적힌 세 포대는 챙겨놨고….

나머지 한 포대는….

삐딱이가
등급에 속지
말라고 했지만
대개 등급으로
1차 판단을
하지.

나라마다 원두의 크기나
결점두 개수나 고도의 차이로
등급을 매긴다.
헤~ 너무 많고
다 좋아 보여.

!

콜롬비아?
COLOMBIA

콜롬비아는 크기로 등급을 매기는데
이건 크기가 다른 생두들이
한꺼번에 들어 있구나.

골랐어?
예.
CA ETAL
2대커피

직원들 불러서
포대를 가져올 건데
2대커피는
차에 실으면 되고
초이허트는 배달이지?

예.
다섯 종류
한 포대씩
입니다.

하여튼
여우야 여우.
좋은 생두만
쏙쏙 잘도
뽑았네.

강고비는
뭘 골랐나?

어!
문제가 생겼다!
하필 둘 다
이 생두를
골랐나!

커닝했지!
경험과 안목이라고 얘기해주면 안 돼?

이거 어쩌지?

제가 이해하죠 뭐. 저 직원한테도 한 포대 주세요.

그게 아니라 이 생두는 이제 딱 한 포대 남았어.

예?

내가 먼저 골랐으니 네가 양보해!
절대 못 해!

그럴 수 없어.
당신들이 고른 생두는 나와
내 아내에겐 특별한 생두야.
아그로 타타마.
지금으로부터 13년 전
둘째를 가졌을 때 두 달간
콜롬비아에 머물면서
고생 고생하며 찾은 생두거든.

타타마는 콜롬비아
국립공원인데 거기서
농부 파초를 만났어.
당시에는 국립공원 내에서도
화학비료와 농약을 뿌려
커피나무를 재배했는데
파초가 주변 농부들을 설득해서
4년 동안 땅이 제 상태로
돌아오기를 기다렸지.

그리고 이 생두는
국내에서 최초의
유기농 인증을 받아서
더 각별하고….

들었지?
이처럼 크기나
밀도가 다른
생두는 로스팅이
아주 까다롭지.

경험이 풍부한 자만이
다룰 수 있는 생두니까
나한테 넘겨라.
못 해!

잠깐 와이프랑
상의해볼게.
그것도 좋지요.

귀한 생두를 초보자에게
맡길 바보는 없으니까.

어험.

어찌 됐어요?
물어보나 마나!

팔지 말래!
엑!

대신 오늘 각자 샘플로 500g씩 가져가. 그리고 5일 후 맛을 보여줘.

더 나은 맛을 보여주는 사람에게 주겠어!

그럼 로스팅도 이 직원이 직접 해야 합니다. 그래야 공평하죠.
BLVD

그렇게 자신이 없어?

그냥 해본 소리입니다.
어차피 추출에서 차이가 날 텐데요 뭘.

안 그래?
2대커피… 직… 원…?
바리스타!

죄송합니다, 선생님.
전화로 여쭤봤어야 했는데….

그래도
이렇게까지
할 것 있었나?
그냥 양보하지
그랬냐.

생두에 얽힌 농부 이야기를
들으니 너무 끌렸어요.

커핑(Cupping): 원두의 맛과 특징을 감별하는 과정.

그렇죠?
괜찮았죠?
추출 도와줄 테니까
이 생두 확보하자!

이 정도면
됐다!
정말 이걸로
충분할까요?

초이허트가
이겨서
그 생두를
가져가도
상관없다.
과정에서
배움이 있다면
그걸로 충분해.

저도 꼭
이긴다기보다는
충분히
이해할 만한
이유를 찾고
싶습니다.
추출 방법을
더 고민해보고
싶어요.

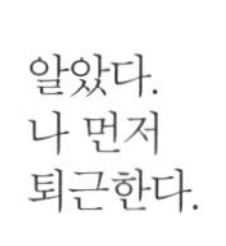
알았다.
나 먼저
퇴근한다.

정답은 언제나
원두 안에 있다는 것을
잊지 말도록 해라.

200g 정도
남았다.

정답은
원두 안에
있다.

아득

국립
공원에서
나온 생두.
유기농….

뭐해?
으악!

도둑질하다
들킨 것 같아.
기척을 좀
하고 다녀!
아이고 간 떨어질
뻔했다! 헉헉헉!

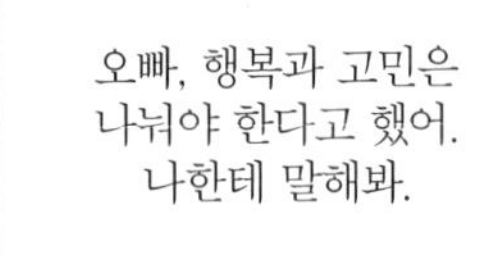
오빠, 행복과 고민은
나눠야 한다고 했어.
나한테 말해봐.

귀한 원두네.
의미도 있고.
꼭 손님들에게
선보이고
싶어.

그런데
콜롬비아 사람들은
이 맛을 알까?

무슨 말이지?

왜 얼마 전 TV에
카카오 맛을 모르는
현지 농부들이
초콜릿을 먹었을 때
표정 본 적 있어?

!

콜롬비아 사람들….
커피…. 그래! 그거야!
오백원

제가 먼저 하죠.
허접하게 추출한
커피 마시면서
시간 낭비할 것 없이.
제 걸 먼저 마시면
포기해버릴 테니까.

풀시티(Full city): 약강배전. 신맛이 거의 없어지고 쓴맛과 진한 맛이 살아나는 로스팅 단계.

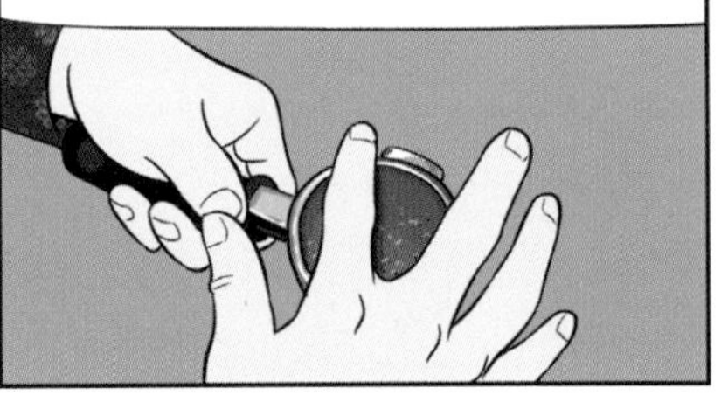

샘플 500g으로 에스프레소 맛을 잡았다고?

훌륭해!
그레이트!

정말 장난 아니다.
입 안에 향과 맛이 꽉 찼어.

드립 커피도 한잔 하시죠.

오!
나보다 아그로 타타마 생두를 더 잘 다루는 사람은 처음이야!

강고비 어때?
계속할 의미가 없잖아?
쉽지 않을 것 같은데
강고비 조금 쉬었다 할까?
Coffee
5c
TODAY'S MENU

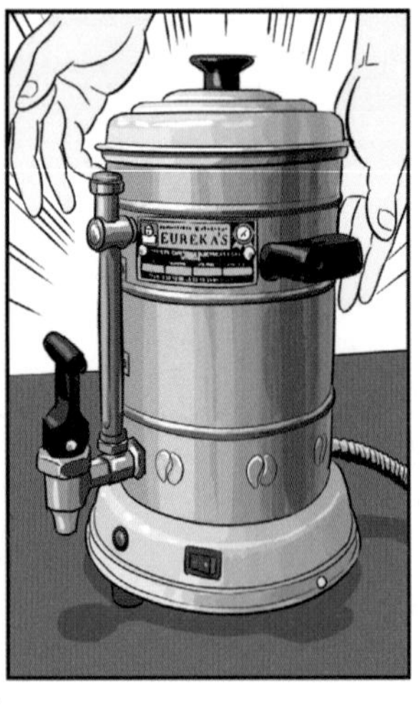

그레카(Greca): 보온 용기의 일종.

지금 틴토를
만들려는 거야?

이거 어디서 샀어요?
나도 살래!

대한민국에 없는 게
어디 있습니까.
110볼트라 변압기로
준비했습니다.

콜롬비아 국민 커피
틴토를 만드는 방법은
매우 간단하죠?
그래요.

뚜껑 열고
3년 숙성
오모리
김치
찌개 라면

망이 있는
손잡이를 들어서 넣고

간 원두 넣고

뜨거운 물을
붓는다.

방법만 특이할 뿐
그래 봤자 에스프레소와
드립 커피의 중간 맛을 내는
그저 그런 커피일 뿐이야.
거칠고
목 넘김도
엉망이겠지.

당신 지금 콜롬비아
국민 커피를
욕하는 거예요?

나쁜 감정이 점수로
이어지지 않았으면
좋겠어요.

뚜껑 닫고
잠시 기다렸다가

틴토 잔에
커피를 받고

갈색 설탕을 넣고….
마르셀라 님, 드셔 보세요.

카페 콘 레체(Cafe con Leche): 카페라테.

설탕에 따라
다르지.
직접 테스트
해봐요!
CAFE
DE
COLOMBIA

CAFE
DE
COLOMBIA

사탕수수즙을
건조해서 얻은
파넬라를 넣으면
틴토의 맛이
확 달라져요.
마치 볼품없는
숙녀가 신데렐라로
변하는 것 같이….

이거 진짜
틴토예요.
한국에서 고향의
커피를 마시다니….
고마워요 고비 씨.

생두가 좋아서
가능했습니다.

진짜 콜롬비아 사람들은 비싸고
좋은 원두로 만든 틴토는
못 마셔요. 그래서 파초의
또 다른 꿈은 자신이 재배한
생두로 콜롬비아 국민이 틴토를
마시는 거죠. 그 꿈이
빨리 이뤄졌으면 좋겠어요.

마르셀라 님,
제 에스프레소도
마셔보시죠.

됐어요.
지금 이 기분 망치고
싶지 않아요.
휘청
깨갱!

마르셀라,
왜 그래?
우~
우~

할머니가 창 옆
흔들의자에 앉아
틴토를 마시면서
늘 이런 말씀을….
그… 그만해.
당신이 울면
내 마음도
아프다.

에이.
커피 한 잔 때문에
고향 가고 싶대.
그럼 결과
발표를
하겠다.
You can
sleep when you're dead!

강고비
승!
대한 독립 만세!
말도 안 돼!
마르셀라 님은
내 걸
마셔보지도
않았어!

솔직히 초이허트의
커피도
매우 훌륭했어.
최고의 수준이란
이런 거구나
감탄했지.

그러나 고비의 커피는
농부의 마음을
헤아리고
마시는 사람의
마음을 움직였어.

아내와 상의한 결과
아그로 타타마는
2대커피로 가는 게
좋겠다는 결론을 내렸다.

사람이 중요하다는 걸
몰라!

강고비 만세!
2대커피

믿어주신 선생님
덕분입니다.
아니야.
이건 전적으로
네 능력이야.
짝짝
COLOMBIA

자기는 마치
아들이 받아온
우등상장을
보면서
뿌듯해 하는
아빠 같아.

늦었지만
지금 하나
낳아줄까?

하하하!
까르르르!
……

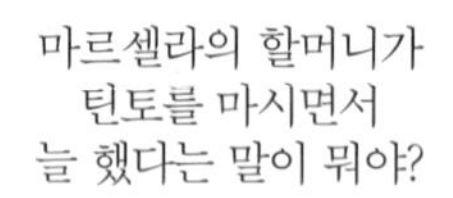

스페인 침략자들이 콜롬비아를
식민지로 삼고 그 후 흑인 노예를
데리고 들어와 혹사시켰다는
비극적인 역사 이야기였습니다.

◇◇◇ 19화 ◇◇◇

모닝커피

강고비가 콜롬비아 커피로
초이허트를 이겼다는 소문은
SNS를 통해 좌악 퍼졌다.

이 집이야?
여기에
광고비 바리스타가
있단 말이지?

으음! 커피 맛 좋네!
역시 이긴 이유가 있어!

초이허트 정말 유명한
커피 블로거인데
대단하네!

저기 저
총각이지?
응.
으쓱
으쓱
워이잉
으쓱
으쓱

그러다 어깨가
천장 뚫겠다.
윽!

자기도 저럴 때가
있었어?
그럼.

내 커피 마시려고
아가씨들이
줄을 섰었지.

연애편지도
많이 받고?
쏴아아

질투하는 거야?
아니.
쏴아아

그 정도로
매력 있는 남자니까
내가 만나잖아.
크흣.
톡

고비야, 너도
연애편지 왔니?
몇 통 왔죠.
달칵

그래서?
만났어?
저 그렇게
가볍지
않아요.
위이잉

지금은 최고의
커피를 위해
매달려야지요.
한눈팔 시간
없어요.

안녕하세요.

웬일로 이렇게
그룹으로 몰려다녀요?

내일 봉사활동
나가는
날이잖아요.
준비물 확인도 해야죠.
아이고! 깜빡했네!

빵도 다 구워놨어요.
KOVEA

저는 항상
준비되어 있고요.
Sketch
Book

시작한 지
얼마 안 됐지만
영정 사진을
찍어드립니다.

상호 씨는
데이트 어쩌고?
서진 씨도
현장 출동입니다.

이거 빵인데요.
커피랑 같이 드세요.
에구.
고마워라.

KEN
콕
콕

몇 살이야?
우리
손자며느리
삼고 싶어.
호호.
아직 일러요.
고3인데요.

어디 편찮으신 데는 없나요?
지난번에 고관절이
아프다고 그러셨죠?
나이 들면
다 아픈 걸 뭐….

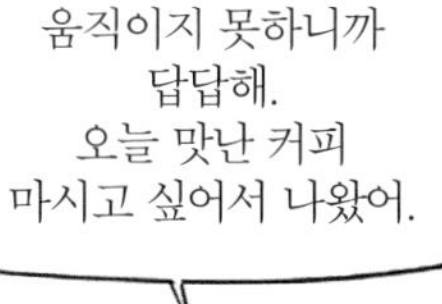
움직이지 못하니까
답답해.
오늘 맛난 커피
마시고 싶어서 나왔어.

커피 맛
어떠세요?
사람들이 착해서 그런지
커피 맛도 닮았어.

난 싫어!
예?

저번에 이거
두 잔 마시고
잠이 안 와서
혼났거든.
참, 그 할머니는
주스를 드려!

자, 웃으세요.
스마일….
…….

왜 안 웃으세요?

웃으면
이 빠진 게
보여서 안 돼!

난 달달한 커피로
한 잔.
옙. 설탕 넣어
드릴게요.

할멈,
허리 펴요.
안 펴지는데
어떡해.

무릎이 어깨를
넘으면 죽는다는
얘기 몰라?
!
쭈욱

젊었을 때 해변에서
데이트한 것 생각하면서
드세요.
크으.

얼굴이 참
개성 있네.

저런 얼굴이
미인을 얻는다니까.
우리 서방이
나를 만난 이유.
I Love You.
까르르!

이건 뭐 죽 솥에
오줌 갈기는 소리여?
잘생겨야 이쁜
색시 만나지.
!

이 할머니 말씀
맞습니다.

저 여인이
제 여인입니다.
꺄아아!
맞네!
팍

!

창호 형,
뭐하세요?
바쁘니까
도와주는 거야.

왜 이러세요.
저 강고비입니다.
어서 커피나
나르세요.

와우.
설거지가
끝도 없어!

이제 거의 다
돌린 것 같아.
커피 한 잔으로
행복해지는
순간을 보면
몸은 힘들어도
마음은 부자야.
Sketch Book

그런데
저 할아버지는
아닌 것 같아.

커피가 그대로
남아 있잖아.

제가 가볼게요.

할아버지,
커피가 입맛에
맞지 않으세요?

이거 누가
만든 거야?

제가요.

이상하네.
전에는 이러지 않았는데
더는 마시고 싶지 않은 커피야.
!!!

허 참. 까다롭긴….
그거 안 마시려면 날 줘.

난 맛만 좋구먼.

공짜로 마셔도
할 말은 해야지.

제 실수가
있었나 봅니다.
다른 커피로
갖다
드리겠습니다.

또 마셔도
한 모금이면
끝이야!
!!

오늘
수고하셨습니다.
선생님.
너도
수고했다.

피곤할 텐데
들어가서 쉬어.

그런데요.
선생님.
응?

장기 두던 할아버지 말씀처럼
제 커피가 그렇게
형편없었습니까?

글쎄….

뭐가 잘못됐는지
모르겠어요.
그냥 트집
잡으신 건가요?

글쎄….

와글
와글
와글

저어, 사진 한 장
같이 찍어도 될까요?
와글
와글

죄송합니다.
리듬이 끊기면
커피 맛이 달라집니다.

혹시 여자친구
있으세요?

사적인 대화는
자제해주세요.
최고의 커피를
마시려면 커피에
집중해주세요.

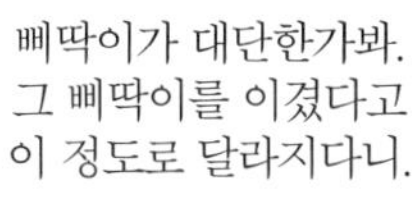
삐딱이가 대단한가봐.
그 삐딱이를 이겼다고
이 정도로 달라지다니.

다 지나가는
소나기야.

이렇게 많은
사람들이 좋아하는데
장기 할아버지가
뭘 아신다고….

선생님, 한가할 때
잠깐 나갔다 오겠습니다.
그래라.

커피 맛에
깜짝 놀라서
사과하게
할 거야!

턱

잘 마셨네.

잘 드신 것 같지
않은데요.

왜…?

한 수만 물려줘.
안 돼.
그럼 내가 죽어.

2대커피 최고의
원두로 만든
커피입니다.
왜 제 커피가
한 모금밖에
마실 수 없는 커피인지
이해가 안 됩니다.

그냥 입맛이 저렴해서
그렇다 생각하게.

으아아암.

잠을 못 잔 거냐?

밤새워
연습했더니….

무리하지 마라.

최고는 그에 걸맞은
실력이 필요합니다.
초이허트를 이긴 것이
결코 운이 아니라는 것을
보여주고 싶어요.
으아암.

최고의 바리스타는
손님 앞에서
하품하지 않는다.
!
MS

역시 마찬가지야.
이제 그만하지.
나도 부담스러워서 그래.

지글
지글

콜록콜록.

주욱

이제 말씀해주세요.
고기 구우러 온 것이
아닙니다.
급하긴.
자, 술 받아.

나도 궁금한 게 있네.
이 노인 말이
뭐가 중요하다고
그렇게 매달리나?

제 부족한 점을
메우고 싶어서 그렇습니다.

솔직하지
못하구먼!
!

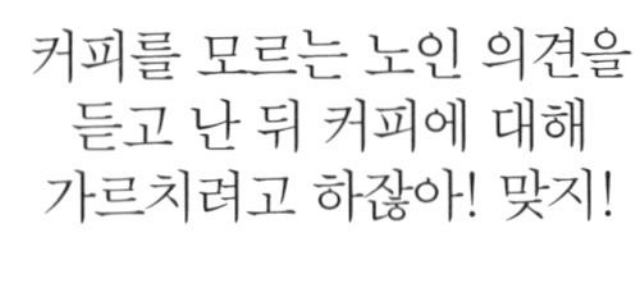
커피를 모르는 노인 의견을
듣고 난 뒤 커피에 대해
가르치려고 하잖아! 맞지!

우쭐할 때는 세상이
다 내 것 같지.
그럴 수 있어.
암 그렇고말고.
문제는 말이지
그때는 문제를
지적해도 귀에
안 들린다는 거야.

전 다릅니다!

다를까?

탁탁탁

도대체 무슨 일이래?
늘 한 시간 먼저
출근하던 아이가….

커피 마시다 늦어서
부장한테 깨지겠어요!
빨리요!
예! 예!

나가라!
쏴아아

2대커피에
고비 네 커피는 없다!
죄송합니다.
한 번만 봐주십시오.

그래.
한 번 지각으로는
너무 심하다.

용서해
주십시오!

어서 나가!
아니면 내가
나가겠어!

아까 김 여사님한테 들었는데 지각 때문은 아닌 것 같아.
그럼 왜 그렇게 화가 나신 거지?
고비 오빠한테 화가 나신 것도 아니야.

고비 오빠에게 위기가 온 거래!
KOVEA

죄송합니다. 이제 강고비라는 사람은 여기에 없습니다.
에이. 얼굴 한번 보러 왔는데.
뭐야. 이제 유명해졌다고 튄 거야?

2대커피
탁

선생님!

제발 용서해주십시오!
다시 커피를 만들게 해주십시오!
2대커피 아니어도 카페는 많다.
넌 유명하니까
곧 스카우트하러 올 거다.

선생님!

갑자기 손님은 늘고
일손이 하나 빠져서
예민해졌어.
숨 좀 돌리고 나면
괜찮을 거야.
내가 연락할게.

5일이나 지났는데
김 여사님께
소식이 없어.
죽겠네
정말.

띠 롱

....

바리스타 앞에서
커피 내놓기는 뭐하고
주스 괜찮지?

제 전화번호는
어떻게 아셨어요?
빵집에서
가원이를 만났지.

다 들으셨군요.
그렇게 됐어요.

그 커피라면
2대커피에서
못 버텨!

에이씨이~

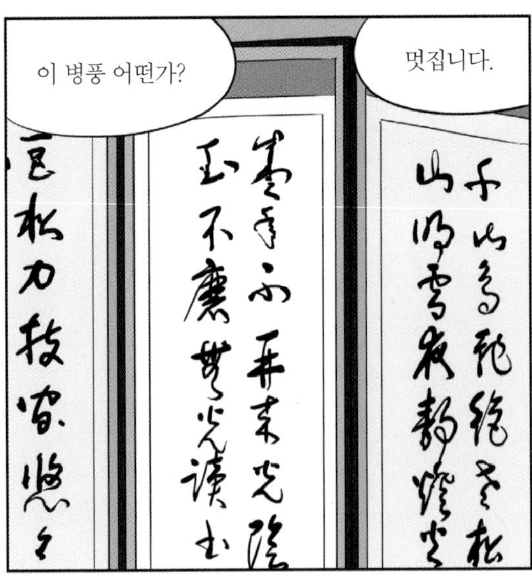
이 병풍 어떤가?
멋집니다.

내가 썼다네.
이래 봬도 명색이
서예가일세.

그러셨군요.

그나마 괜찮은 작품이라
병풍으로 만들었는데
여전히 마음에 안 들어.

나는 병적으로
완벽한 서예를 추구해왔어.
그게 최고가 되는 길인 줄
알았는데 착각이었어.

왜요? 최고라면
당연히 완벽해야죠.

완벽은
여유가 없어.
그걸 보고
느끼고
생각할 틈을
안 주는 것이
완벽이니까.

완벽은 가족은 물론이고
내 서예를 아끼던 사람들까지도
내 주위에서 멀어지게 만들었어.
나와 내 작품의 완벽이
사람들에게 많은 상처를 준 거야.

자네 커피가 그랬네.

최고가 되기 위해서 자신을
쥐어짜는 느낌이랄까?

한 모금 마시는 순간 지우고 싶던
내 젊은 시절과 겹치면서
더는 마시기 싫었던 거지.

아무튼
그런 커피는
오래 못 가!

최고의 커피는
손님의 생각과 느낌이
들어갈 틈이 있는 커피,
그래야 의미가 생기고
존재감이 생기는 커피야.
그게 박석의 커피였어.

이런 식으로
굳어버리면
자네는 물론이고
자네 커피도
외로워져.
난 이걸 깨닫는 데
30년이나 걸렸다네.

어머!
!

우리 고비가 돌아왔네!

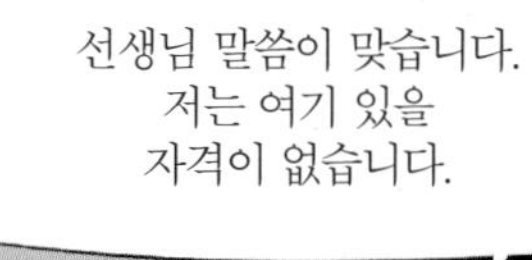

선생님 말씀이 맞습니다.
저는 여기 있을
자격이 없습니다.

떠나기 전에 모닝커피를 한 잔
만들어드리고 싶습니다.

떠나다니!
무슨 말을
그렇게 해!

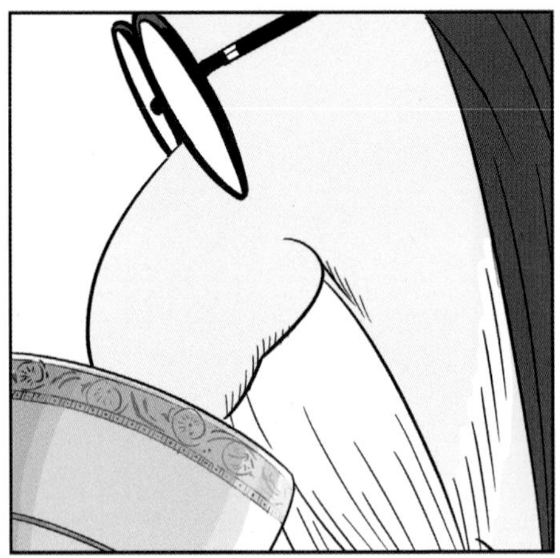

이 정도면 됐어!
!

뭐가
됐다는 거야?

힘이 빠졌잖아!

고맙습니다.
선생님!

고비야,
커피
남은 것
있어?
당최 무슨
소릴 하는지
모르겠네.

소크라테스는 이렇게 말했다.
"음미 되지 않는 삶은
살 가치가 없다."
이 말을 커피에 붙이면 이렇다.
"음미 되지 않는 커피는
마실 가치가 없다."
고대커피

◇◇◇ 20화 ◇◇◇

커피 한 잔의 가격

아, 잘 먹었다.
역시 음식은 간이 중요해.

커피 마시러 가자.
아! 잠깐.

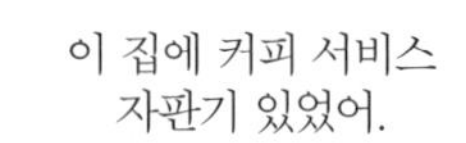
이 집에 커피 서비스 자판기 있었어.

그런 커피 말고 수준 있는 커피!
뭐하러 쓸데없는 데 돈을 써?

그냥 못 이기는 척하고 좀 따라와라.
분위기 찾다가 언제 결혼하고 언제 집 사?

됐어! 혼자 자판기 커피 실컷 마셔!
알았어. 알았어. 대신 오늘뿐이야.

드립으로 마시고 싶은데
뭐가 좋을까요?

오늘은
코스타리카
쪽을
권해드리고
싶습니다.
그걸로
주세요.

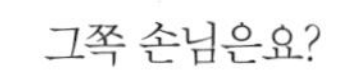
그쪽 손님은요?

음… 이게 제일 싸구나.
아이스 아메리카노요.

테이크아웃 하시면
500원 할인됩니다.

아니요.
마시고
갈 거예요.

여기까지 와서
왜 그래?

이게 말이나 되냐?
커피가 밥값보다
비싸잖아!

또 저 소리!
지겨워.

이 커피
한 잔이 원가가
얼마인 줄
알아?

신문기사에서 봤는데
130원이래! 130원!
도대체 얼마를
붙여 먹는 거야!

죄송합니다.
당신한테 팔 커피는 없습니다!
나가주세요!

어어?
손님한테
이래도 돼요?

우리 커피를
그런 식으로
계산하는
손님은 더 이상
손님이
아닙니다.

원하시면
2대커피의
모든 자료를
공개할 수 있지만
당신은 우리 커피를
마실 자격이 없으니
나가세요!

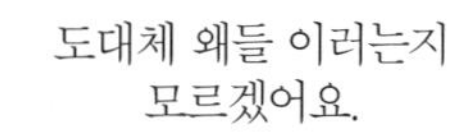

얼마 전에는
900원짜리도
봤다니까.
2,000원짜리도
깜짝 놀랐는데….

요새는 워낙
싼 원두커피가
많다 보니까
비싸게 느껴질
수도 있을 거야.

내가 그동안 커피만
팔겠다고 덤볐으면
아마 2,000원이나
그 이하도
가능했을 거야.
까득

하지만 난
커피를 하는
사람이야!

이 한 잔에
담긴 것이
커피만은
아니라고!

커피를 하는 사람!
멋져요! 선생님!
아이디어 메모!

이사님,
뭘 찾으세요?

인테리어를 보고 있었어.
은퇴하면 커피집을 할까 구상 중이거든.

아유. 잘나가는 이사님께서 은퇴 걱정하시면 우리는 어떡하죠?
은퇴는 언젠가 하죠. 이사님은 30년 후에…. 헤헤.

언제 어떻게 될지 모르는 것이 샐러리맨들 아닌가.
항상 준비는 돼 있어야지.

음… 맛있네. 향도 좋고….

이 커피 얼마지?
드립 커피니까 6천 원입니다.

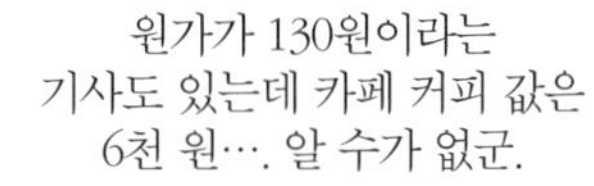
원가가 130원이라는 기사도 있는데 카페 커피 값은 6천 원…. 알 수가 없군.

제가 자료를
구해보겠습니다.

영업 비밀일 텐데
가능하겠어?
도둑질이라도
해오겠습니다.

선미랑 둘이 가면
커피 값이 더블이니까
혼자 왔다.

오늘은 뭔가 얘기
안 하시는 조건으로
커피를 드립니다.
그때는 제가
실례했습니다.
죄송합니다.

부탁이 하나
있습니다.
예?

아직 이해가
되지 않습니다.
원가 130원….
원가 얘기
안 하시기로 한 것
아닌가요?
자료를 공개할 수 있다고
했잖아요.

보여드려라!

케냐 AA 생두
수입 가격을
보시죠.
60kg에
690,000원
이네요.

그걸 계산하기 좋게
1kg 단위로 나누자고요.
그럼 1kg에
11,500원이 나옵니다.

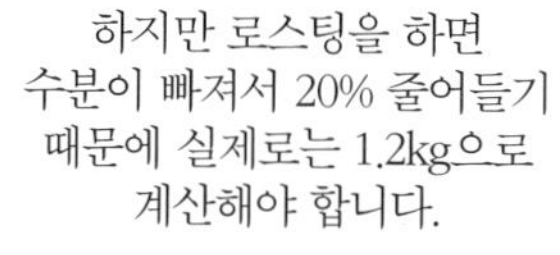

18~20g의 원두로 에스프레소 40잔이 나오니까….

50잔이 나와야 계산이 맞는데요.

2대커피 경우 평균 4,000원 기준으로 하루 100잔 팔아야 이익이 100~200만 원 정도 남는 구조입니다.

인건비 중에서
사장이 로스팅하고
커피도 만들므로
절약되는 면이
있습니다.

이 계산은 체인점은
제외한 것입니다.

예상대로
만만치 않군.

그래서 빵이나
디저트로 수익을
만회한답니다.

결국 원가 130원은
터무니없는 기사였어.

그런데 자료에 원가
이외에 아무것도 없구먼.
예?

원가는
원가일 뿐이야.
2대커피가 오랫동안
버틸 수 있는 원동력을
찾았어야지.

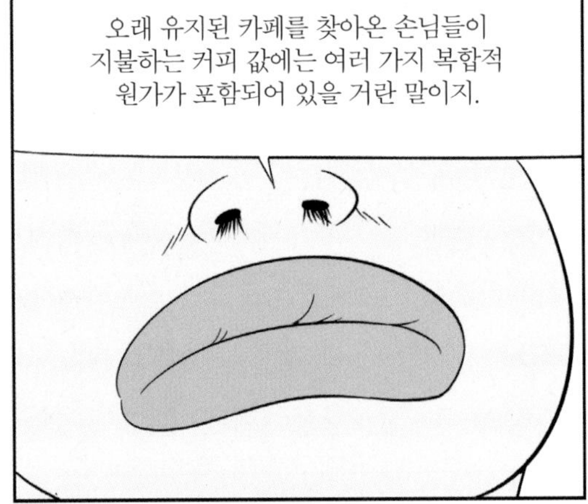
오래 유지된 카페를 찾아온 손님들이
지불하는 커피 값에는 여러 가지 복합적
원가가 포함되어 있을 거란 말이지.

이사님
말씀이 맞아.
핵심이 빠진
보고서였어.

!

아니!
그 비싼 데를
또 갔어?
2대커피에서
사장님께 들었어.
진짜 사과했다며?

아직도 커피 값을
운운하는 분위기?
인정은 하지만….
너무 비싸!

등산도, 해외여행도,
커피도, 원가 때문에
사랑하는 여인과 함께
못하는 성일 씨 인생의
원가는 도대체 얼마야?

아메리카노?
아뇨.
오늘은 드립 커피
마실 겁니다.

사장님, 2대커피가
롱런하는 이유는 뭔가요?
!

글쎄요.
손님들 덕분에 제가 좋아하는 커피를 할 수 있다는 것 아니겠습니까?

파는 게 아니라 하는 거요.

커피를 해?

여기 커피를 마시면 네가 더 예뻐지는 것 같지?
크크.

집중해서 마셔.

아. 글쎄.
자기네 동네는
카페 골목이 있어서
골라 가는
재미가 있다고
자랑을 하더라고.

맛난 커피집
한군데면 되지 뭘.

그래 봤자
우리 동네 2대커피
하나 못 당할걸. 흐흐.

주인과 커피를 놓고
영화 얘기도 하고
음식 얘기도 하고
음악 얘기도 하고….

그리고
박석 사장님 가끔
이런 말 듣는 것도
기분 쌈빡하지.

제가 드릴 수 있는 것은
커피뿐입니다.
하하하!

…

오늘은
주말이라
하루 종일
있을 건가
봐.
우리 가게
커피 맛이
특급
이잖아요.

기이잉

이 비싼 곳에
웬일?
그것도 드립 커피를
앞에 놓고….

네가 말한 내 인생의
원가를 계산 중이야.

3일 동안 우리 가게로
출근하셨어요.

일어나.
왜?

테이블을 혼자서 차지하고 있으면 어떡해?
괜찮아. 2대커피는 그런 걸로 뭐라 안 해.

이번엔 뭘 느끼긴 느꼈나 보네.

쭉 보니까 여기는 가족같이 서로 아껴주는 분위기가 있어.
그건 가격으로 매길 수 없는 가치였어.

그래. 마성일 인생의 원가는 계산 끝났나?

아니.

내 인생의 원가는 네가 있어야 계산 가능해.

말 예쁘게 하네.

자기가
커피 값 내.
응.

이제 커피 값이
아깝지
않으세요?

흐흐흐.

커피 한 잔의 값어치는
만드는 사람과 마시는 사람이
함께 만들어가는 것이다.

◇◇◇ 21화 ◇◇◇

사랑의 라테아트

2대커피의
머신을 바꾼
첫날이다.

여기 있습니다.
선생님.
!

아니다.
첫 잔은 네 몫이다.

어떻게 제가
감히 그럴 수
있습니까.
먼저 드세요.

카페의 첫 커피는
가게의 하루를 책임지는
바리스타의 것이다. 어서.

뭐 이런 걸로 시간 보내?
그냥 다 같이 마십시다!
동감!

으음~

쫀득쫀득한
질감.

머신마다
고유의
특성이 있는데
잘 파악했는걸.

반응이 괜찮군.
다행이다.

!
기이잉

!!
가원이
왔구나!

왜 이러고 있어?
들어오지 않고.
TRANGO

가원이 왔어요.
질질질

…….
TRANGO

새 머신 들여온 것
알고 있지?
끄덕
끄덕

그 커피로 줄까?
끄덕
끄덕

립스틱도 칠하고
손톱 매니큐어도….

FAEMA

그거 내가
제일 좋아하는
머신이에요.
TRANGO

훼마 E61 쥬빌레.
1961년 발매된 후
커피 산업의 부흥을 이끈
이탈리아 대표 머신
E61을 현대적으로
재해석한 모델.

박수!
박수!
가원이는
걸어 다니는 커피
백과사전이야!
짝짝 짝짝
짝짝

아는 척은….
그럴 시간 있으면
한 자라도 더 공부하지.
!

자!
턱

으음. 좋다아.
디자인만큼
섹시한 맛이네~
TRANGO

고등학생이
섹시가 뭐냐.
섹시가….

디자인이 커피 맛하고
무슨 상관이라고?

벌떡
TRANGO

나 다시는
여기 안 와!

고비야,
무슨 말투가 그래?
증말
밥맛유~

어리니까 어리다고
했는데 왜요?

화도 날 만하지.
숙녀 취급을
안 해주니까.

가원이는 인정받고
싶은 거야.

저한테요?
뭘 인정받아요?

죽겠네.
답답휴.

내가 볼 때 고비 너도
가원이 싫지 않은 것
같은데?

에휴~
고삐리잖아요.

저것 봐 저것 봐.

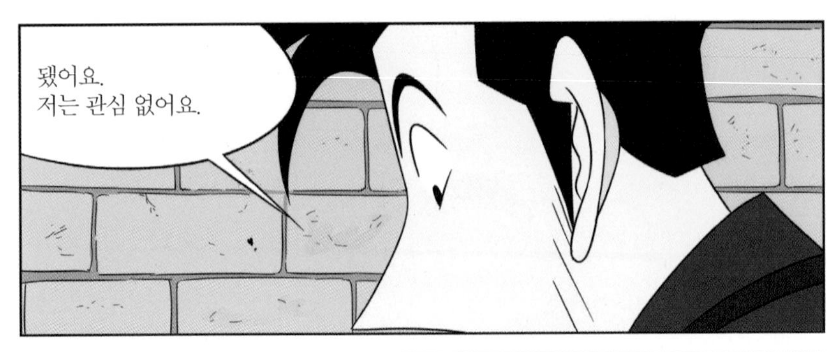
됐어요.
저는 관심 없어요.

어서 오세요!

어떤 걸
드릴까요?

남자들 다 저래?

버스 떠나고 후회한다.

뭔 말인지 당최….

강고비 이병!

어! 최 병장님!

아이고, 정말
오랜만입니다.
멍 때리는 버릇
여전하구나.

커피 한잔 줘.
뭐로 드릴까요?

라테!

이 정도면 됐다.

예?

나한테 라테아트 좀
가르쳐줘라.

라테아트는
왜요?
카페 차려요?

이유는 묻지 말고
간단한 거
하나만 알려줘.

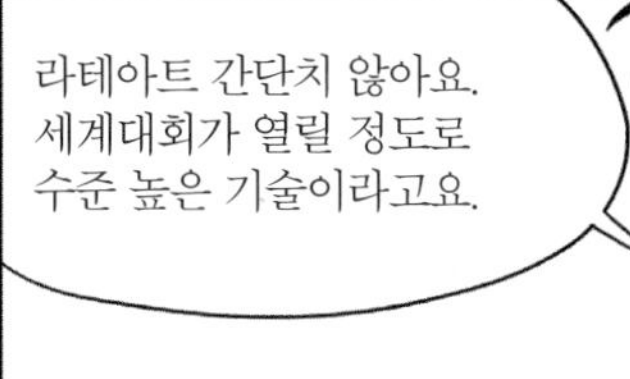
라테아트 간단치 않아요.
세계대회가 열릴 정도로
수준 높은 기술이라고요.

조금만
연습하면
다 하는 걸
가지고
세계대회까지 해?

최 병장님은
배우겠다는
자세가
영 아니네요.

고비야,
나 먼저 간다.
아. 예.
저도 금방
끝내겠습니다.

선배에게 라테아트
알려드려라.
!

하트 모양이
필요하시죠?

헉!

저도 참 많이
가르쳐줬답니다.
사랑이 담긴
커피 한잔만큼
로맨틱한
고백도 없지요.

뭡니까?
결국 사랑 고백
때문이었어요?
크흐흐.

유치해 보이냐?
너도 사랑에 빠져봐라.
강 이병.

삼겹살 쏠게. 시작하자!

삼겹살은 됐고요. 우유 세 팩 값하고 원두 값만 받을게요.

우유가 세 팩씩 필요하다고?
해보면 알아요. 부족할 수도 있어요.

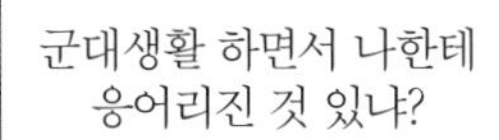
군대생활 하면서 나한테 응어리진 것 있냐?

아니면 학원을 알아봐 드릴까요?
아냐! 강 이병 말 들을게!

내일 영업 시간 끝나고 오세요.

카페라테는
아시죠?
이탈리아 커피.
에스프레소에
우유를 섞어
마시는 거지.
2대 커피

카페오레는요?
프랑스 커피.

두 커피의
차이점은요?
그런 것도
알아야 해?

두 커피 중에서는
에스프레소 커피가
밀도가 높아서
라테아트에 적합해요.
그림을 받쳐줘야 하니까.

라테아트는
손님이 없어서
하품만 하던
바리스타가
심심풀이로
만든 거지?

아트를
심심풀이라고
하다니
심해요!

1980년대 후반에
시애틀 에스프레소 비바체의
데이비드 쇼머가 로제타를
선보이면서 시작됐어요.

이것이 로제타입니다.
나뭇잎이라고 하는데
하트와 더불어 라테아트의
기본이 되는 그림이에요.

역시 간단해!
장난질이야!

장난질 한번
해보시죠.

좀… 쉬었다… 하자….
시키는… 대로… 할게.
헉헉헉.
벌벌벌

바로
커피에다
연습하면
원두 감당이
안 된다니까요.
물에다
우유를 타서
연습하다가
진짜
에스프레소로
옮겨야 합니다.
COPENHA

또 실패다.
두 팔을 동시에
움직여야 하는 것이
쉽지 않아.

마음은
굴뚝같은데
양손이 따로
따로 놀아.
오케스트라 지휘자도
양손이 따로 놀지만
음악을 한곳으로
몰고 가죠.
라테아트도
마찬가지예요.

그런데 정말
우유 세 팩이
모자라네.
다시 물 타서
연습해야겠지?

방법이 있어요.
한 잔의 라테로
여러 번
연습할 수
있죠.

망친 라테를 다시
스팀 피처에 넣고
잔에 조금 따른 후

그 위에
초코 파우더를
뿌리고
툭
툭

스팀 피처 안에 남아 있는 라테로
라테아트를 연습하는 겁니다.

어휴, 하트 하나
그리기가 이렇게
힘이 들다니….
역시 사랑은
쉽지 않아.

그 여자가
그렇게 맘에
들어요?

첫눈에
반한다는 게
이런 거야.

이건 운명이야!

사랑은 사람을 변하게 한다더니 최 병장님을 이렇게 바꿔놓은 여자가 누굴까 궁금하네요.

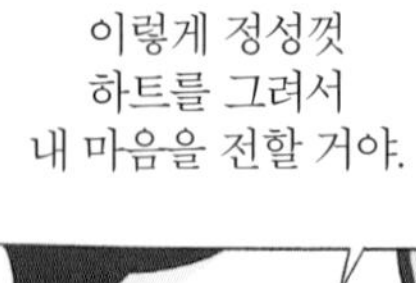
이렇게 정성껏 하트를 그려서 내 마음을 전할 거야.

바리스타 입장에서 보면 라테아트는 참 허무해요.
스푼으로 휘휘 저어서 마셔버리거든요.

오늘은 이만 할까요?
집에서 라테아트 연습하는 방법은 없어?

지쳤는데 쉬엄쉬엄 하시지.

사랑에는 쉼표가 없어.

물을 잔에 조금 따라
한 손에 들고 남은 한 손은
스팀 우유라고 상상하면서
연습하면 좋습니다.

내일 보자.
저는 마저
정리 좀 하고
나갈게요.

가원이가
안 온다더니
정말 안 오네.

어때요? 라테아트 잘 되어가나요?
이렇게 어려운 줄 몰랐어요.

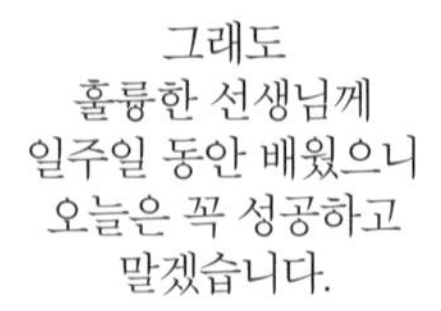
그래도 훌륭한 선생님께 일주일 동안 배웠으니 오늘은 꼭 성공하고 말겠습니다.

자, 시작합시다. 천천히 기억을 더듬으면서 감각을 살려내는 겁니다.
엇! 앞치마도 준비하셨네.
♫

먼저 에스프레소를 내리고

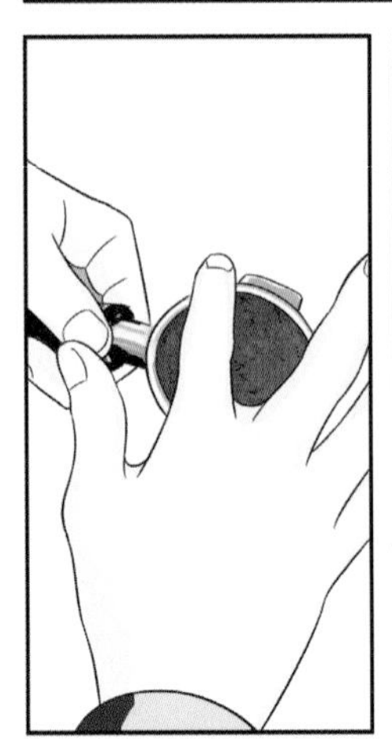

덜컥

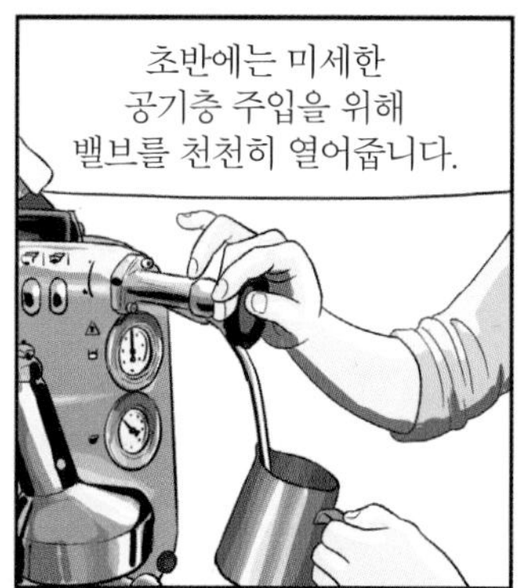

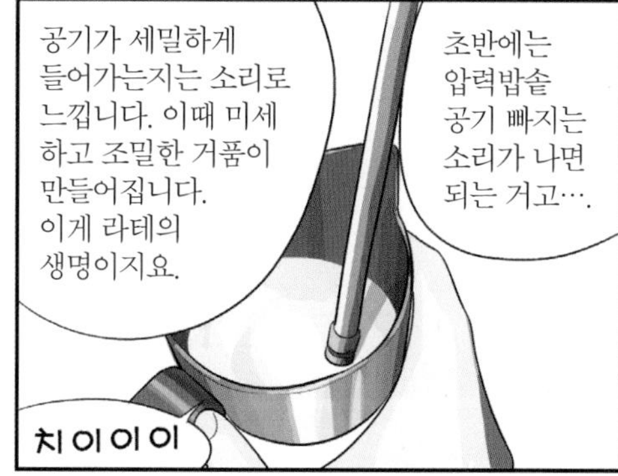

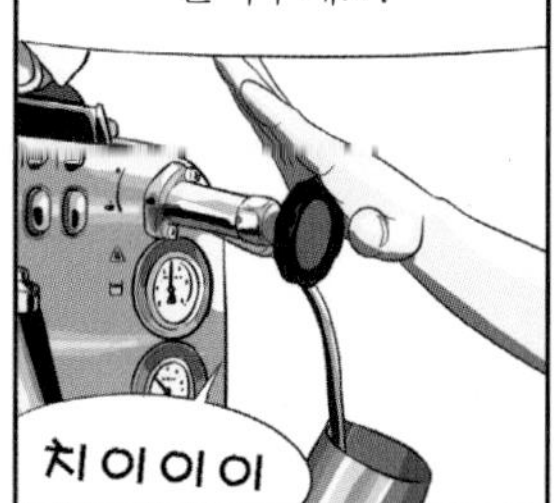

이래야 회전력이 높아져서 공기와 우유가 잘 섞입니다. 소용돌이가 깊이 생길수록 좋습니다.

치이이

70도 넘기면 안 되지?

예. 우유 지방과 공기층이 분리되고 단백질이 변해서 비린내가 나요.

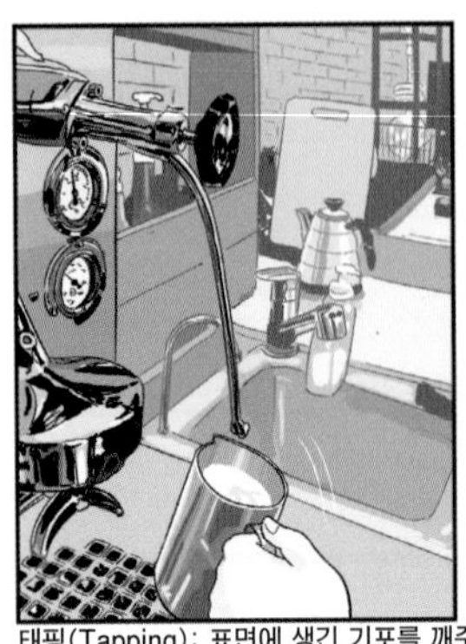

태핑(Tapping): 표면에 생긴 기포를 깨주는 과정.

롤링(Rolling): 우유와 거품을 섞는 과정.

푸어링(Pouring): 조심스레 거품을 덮으며 마무리 짓는 과정.

줄기는 계속 유지하면서
스팀 피처를 들어 올려
하트 중앙을 가로질러서
마무리!

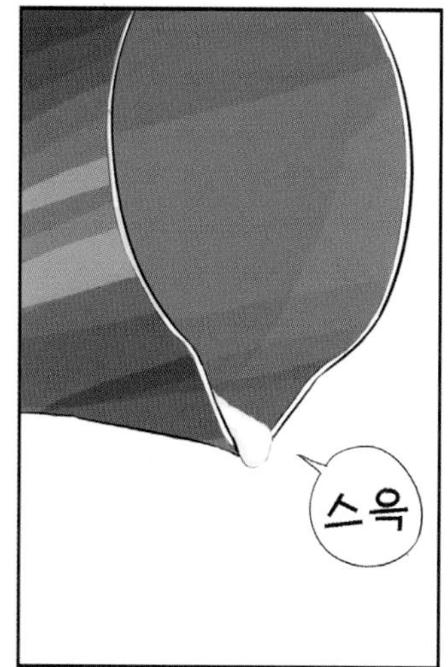
스윽

강 이병,
나 떨고 있냐?

최 병장님,
긴장 푸세요.
안쓰러워
못 보겠어요.

과연 올까?

아직
10분 남았어요.

아~ 긴장되고
떨려 미치겠다.

기이잉

그럼 그렇지.
네가 안 오고 배겨? 크흐흐흐.

TRANGO
오해하지 마.
고비 오빠 보러온 것
아니니까.

나와주셔서
감사합니다!

사적인 일로
아르바이트하는 빵집에
오시면 제가 곤란해져요.
오늘 이후로는
이런 일 없을
것입니다.

TRAN
하실
말씀이 뭐죠?
저 들어가
봐야 해요.

그 전에 드릴 것이
있습니다.
제가 일주일 동안
준비했거든요.

말도 안 돼!
저 꼬마를….

악!
딱

형수님한테
무슨 말버릇이야!
아우아우!
3년 만에
쪼인트
까였다!

얼굴 예쁜 여자는
얼마든지 만날 수 있지만
맑은 여자는 흔치 않아!
…….

강 이병! 나에게
힘을 넣어줘!

제 마음이 담긴 커피입니다.
받아주세요.

하트네요. 예뻐요.
RANGO

저를 위한
하트인가요?
그렇습니다!

덜컥

그래! 하트를 부숴버려!

덜컥
부수라니까!

하트가
망가지지 않게
조심해서
마셔야지.

맛있어요!

고맙습
니다!
저랑
사귀어
주십시오!

이… 이런!

치이익
악! 뜨거워!

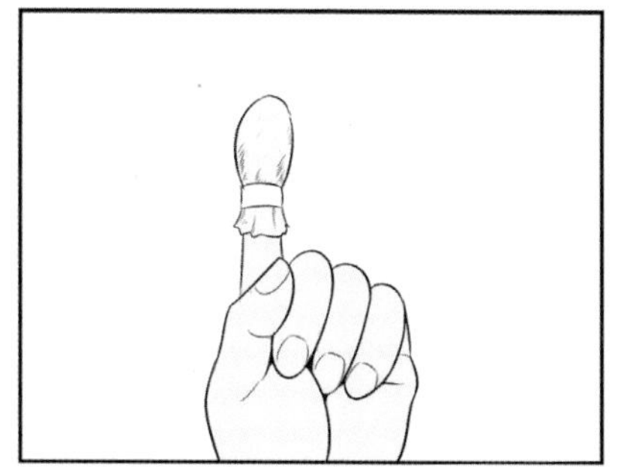

……….

TRANGO

커피 줘!
헉

뭐… 뭘로?

라테.
TRANGO

라테아트는
필요 없지?
최 병장님 하트만
하겠어?

해줘.
TRANGO

자.
턱

또
만났어?

그런 것만 궁금해?
TRANGO

에라!
휙
휙

가… 가원아!
정말 오나 봐라!

예. 선생님.
고비야.

요 앞 극장 앞에서
가원이가 기다릴 거야.
같이 영화나 보고 와라.
예?
영업 시간이잖아요.

김 여사가
나랑 둘이서만
커피 마시고 싶대.

어서 가봐.
내가 가는 줄 알 거야.

가원이랑 같이 마실
라테도 가져갈게요.
그거 좋은
생각이다.

한 잔의 커피에는 수많은 사람들의
사랑과 이별, 용서가 담겨 있다.

◇◇◇ 22화 ◇◇◇

봉지 커피와 삶은 계란

윽!
!

뭐해?
빨리 갔다 와.
약속했잖아.

오전 러시
끝나고 갈게.

오전 러시 끝나면 점심
먹고 간다고 할 거지?

오후에는 로스팅을
해야 하니까 내일 갈까?

정말 이러기야?
찡그리는 얼굴
더는 보기 싫다고!

어딜 가야 하는데
저렇게 미루시죠?

박석이
세상에서 제일
두려워하는 곳!

커피 없는 세상?

아니, 치과 병원!

예?

난 그 위이이잉 울어대는
기계 소리가 이 세상에서
제일 싫어.
그라인더 소리랑
비슷한데 왜요?
달라.

윽!
또!

아무래도 내일 가야겠어.
또 내일!
후우

오늘 안 가면 당신하고
뽀뽀 안 할 거야!
결정타다.
!

갔다 올게.
잘 다녀오세요.
삐이익

서울美플란트치과
5F

까똑

2015년 10월 5일
우물쭈물하지 말고
어서 들어가요.
전송
윽!

김우종 씨,
들어오세요.
예.

할머니는 아까부터
와 계시던데
왜 안 부르죠?
5복중 1복
누리세요

난 손님이 아녜요.

이봐. 아가씨.
!
접수

나 커피 한잔 타줘.

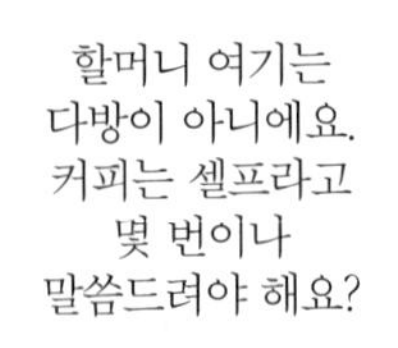
할머니 여기는
다방이 아니에요.
커피는 셀프라고
몇 번이나
말씀드려야 해요?

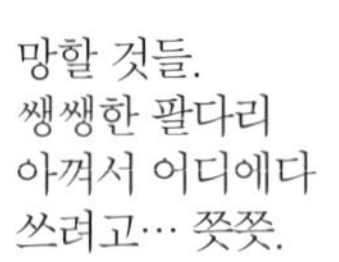
망할 것들.
쌩쌩한 팔다리
아껴서 어디에다
쓰려고… 쯧쯧.

제가
타드릴게요.

쪼르륵

CUUUKO

자, 드시죠.
고마워요.

음….
오랜만에 마시는데
나름 괜찮네.

자기 작품에
감동하면
삼류작가래요.
커피도
미친거지지.
!

오호~ 달라.
맛있어요.

기계에서
똑같이 빼내는데
다른 비법이
뭐예요?
물 양이죠?

커피를 탈 때
커피한테
"잘 부탁해"
이러면
됩니다.

여긴 정신과가 아니라
치과예요.

정신과, 치과는 아시면서
다방과 병원은 왜
구별 못 하세요?
할머니한테
말버릇
좀 봐.

아가씨는
그 버릇
고치기
전에는
시집 못 가!

칵!
36세

할머니, 커피가
맛있어요?
그분 커피가
맛있는 건
당연하죠.
아, 원장님.

유명한
바리스타
시거든요.

비틀즈 멤버
링고 스타?
풋

커피 가게
사장님
이시라
고요.

요새는 남자도
다방 마담질?
에이, 아니야.
커피는 뭐니 뭐니 해도
다방 마담이
타줘야 맛나지.

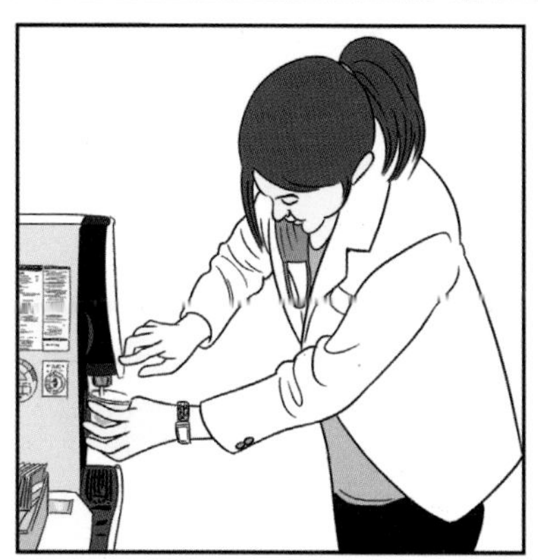

원장 선생도 참말로
커피 즐기시네.

학생 때부터
습관이 들어서
하루 여섯 잔은
기본이에요.

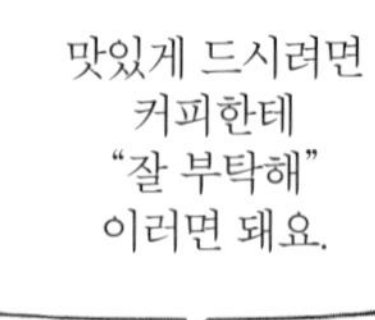

치아도 자동차
타이어랑 같아서
쓸수록 마모가
되거든요.
그래서
생기는
부작용이
이가
시리는 거죠.

고물이
되어간다는
이야기군요.

후훗.
혼자만
영원히 젊으실
생각이세요?

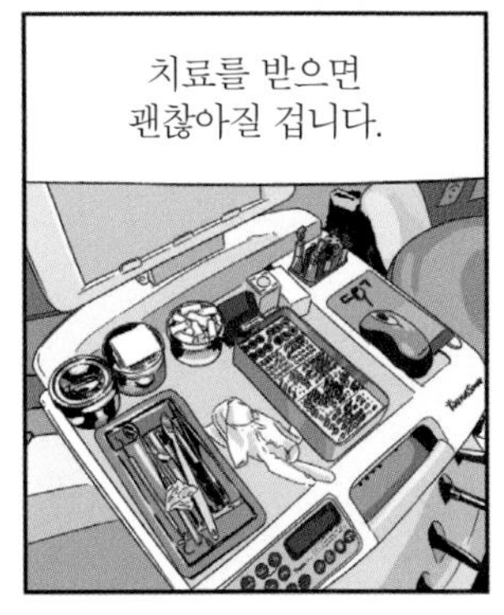
치료를 받으면
괜찮아질 겁니다.

이거… 커피하고는
상관없죠?
물론입니다.

다만 착색을
조심하셔야
하는데 그건
양치질로도
관리가
가능해요.
다행이네요.

스케일링부터
할까요?

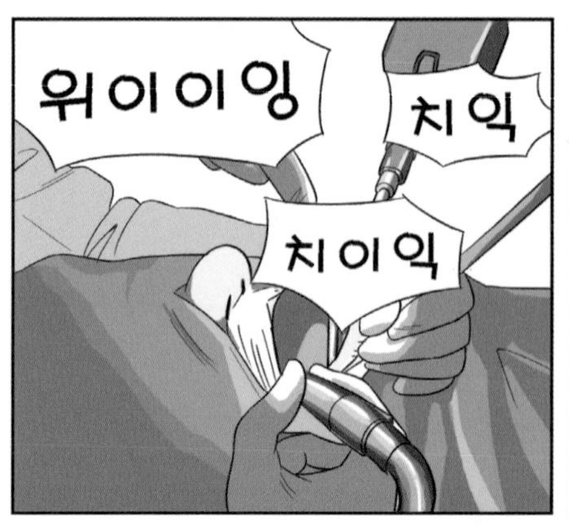
위이이잉
치익
치이익

위이이이잉

부기가 가라앉을 3일 후에
레진 치료를 받으러 오세요.
또요?

마모된 부분을
복원해야죠.

수고하셨습니다.

아니!
이 할머니가 또…!

왜 그래?
여기 놔둔 봉지 커피가 다 없어졌어요!

조용해요! 다시 채우면 될 걸 가지고!

흐흐. 언니가 우리 커피를 대는구나.
어디서 커피가 자꾸 생기우?
치과! 치과!
거긴 커피 인심이 후하디야.

거 다 장삿속이야, 장삿속.

뭔 상관? 커피만 마실 수 있으믄 되지.
후루룩

달달헌 것이 그만이라니까. 왜 그러잖여. 나이 들믄 단맛이 땡긴다고.

자기, 치과
다녀왔으니까….

서비스 뽀뽀.

다음 치료는
며칠 후? 3일 후?

내가 귀신을
속이지.

커피와 관련된 괴담
이거 증말인가유?

블랙커피는
위에 안 좋다.
혈압을 높인다.
심장에 안 좋다.
어떤 분은
커피 마신 후
장기가 더 좋아
졌다고도 하고….

심장질환 유발은 뜨거운 커피를 하루에 9잔 이상 꾸준하게 마셨을 때 발생할 확률이 높다는 결과만 있을 뿐인데….

암도 생긴다잖유.

카페인 때문에 나오는 얘기인데 카페인이 커피에만 있나. 홍차, 녹차에도 있는데 커피 탓만 하거든.

치아도 마찬가지지. 커피만 치아에 영향을 줘?

우리가 먹는 모든 음식이 치아에게 영향을 주는데 어떡하라고.
아무것도 안 먹어야지.

깔깔! 치아 보호하려다 굶어 죽것슈!

치과는 정기적으로 가야 해. 건강한 치아는 오복 중의 오복이라잖아.

어이구. 철드셨네.

밖이 왜 이리
소란스럽죠?
원장님, 한번
나와 보세요.

!

할머니들이
진을 쳤어요.

아, 저기 원장님
오셨네. 인사드려요.

안녕하세요.
동네 할망구들이
치과 구경 왔어요.

커피 한잔씩들
하고 가세요.

시끄럽지 않게
조용히 있다 갈게요.

자, 한 잔씩.
누가 쫓아오지 않응게
찬찬히 해요.
접수

커피도 챙겨 가!

그래도 될랑가?
그럼.

뭉텅
뭉텅

할머니들 뭐하시는
거예욧!
깜짝이야!

자주 못 오게 할라고
커피 가져가라
하는 거야.
이 할망구들이
자주 오믄 좋겄어?

우리도 염치가
있어요.
늙으면
눈치만 남거든.
이빨 아프면
다른 병원 안 가고
여기로 올게.
어휴~

아, 고맙습니다만
저는 원두커피가
안 맞아요.
제가 드릴 수 있는 건
커피뿐입니다.
한잔하세요.

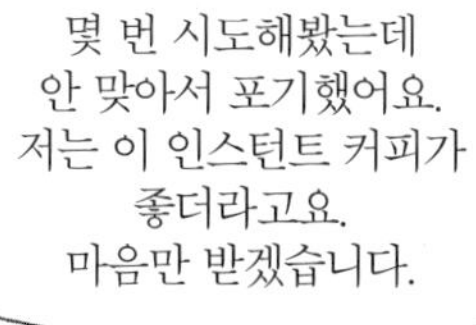
몇 번 시도해봤는데
안 맞아서 포기했어요.
저는 이 인스턴트 커피가
좋더라고요.
마음만 받겠습니다.

두 병 가져왔는데
할 수 없군.
안녕히 가세요.

이것
마실래요?
앗! 감사합니다!
접수

그 할머니 아직
안 오셨어요?
아직이요.
무슨 볼일
있으세요?

이 더치커피 한잔
드리려고 했는데….

아! 오시는군.
끙

오늘은 제가 만든
커피 드릴게요.
응?
서울美플란트치과
진료시간
월~금 : 9:30~6:30
토 : 9:30~2:00
일,공휴일 : 휴진

안에 있는 봉지 커피랑
다른 거예요.

이거 쓴 거죠?
싫어요!
그 커피 한번 마셔봤는데
토할 뻔했어요!

덜컥

앗! 오셨다!

커피가 없어!
!

후룩

삭

어? 커피가 없네.

아가씨,
여기 커피가
떨어졌어!

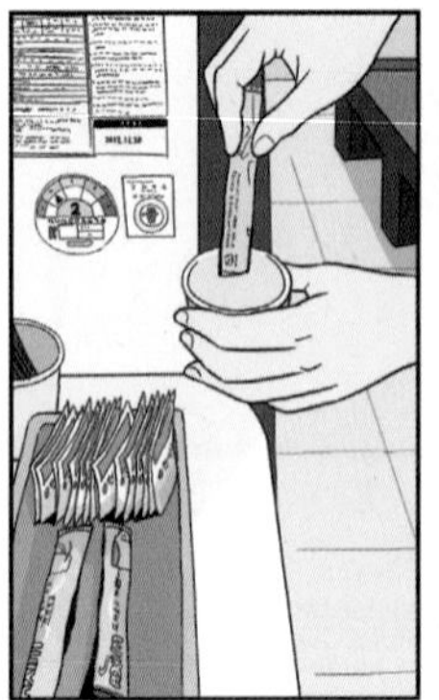

샥

커피가 없네.
커피 떨어졌대!

투툭

아! 좀 한꺼번에 넉넉히 갖다놔! 내가 성가시잖아!
!

할머니.
왜?

왜 할머니만
오시면
커피가 싹
없어질까요?

나도 모르지.

한 봉지만
놓겠어요!
툭

그 커피 마시면
골다공증 걸린대요.
폐렴도 걸릴 수 있고.
!

그 뭐냐.
인산염 때문이랑가
뭐랑가.

그런 걸 뭣이 좋다고
숭늉 마시듯이 마셔요?

가격 차이도
크지 않은데
좋은 커피로 바꿔요.

환자들에게
나쁜 걸 주면 돼?

인산염은 아무 문제가
없지 않습니까?
그렇지요.
저도 그 커피를 마시는데
치아 건강에 아무 영향이
없거든요.

인산염은 프림과 설탕을
잘 녹게 하는 촉매제일 뿐인데….

말대로
칼슘 흡수를
방해해서
골다공증이나
폐렴에
걸리려면
그 봉지 커피를
하루에 백 잔
넘게 꾸준히
마셔야 해요.

원래 건강을
볼모로 삼는
마케팅이 효과가
좋다니까 마구
쏴대는 거죠.

머리 아파요.
할머니를 내쫓을 수도 없고
치과 분위기는 나빠지고
어떡하면 좋죠?

이건 뭐지?

새로 들여온
원두커피 머신입니다.

아가씨는
누구야?
새로 온
직원
이에요.

원장님이
환자들에게
보다 나은 서비스를
제공하고 싶다고
바꾸셨어요.

컵을 받치고 버튼을
누르면 원두가 갈리고
꾹

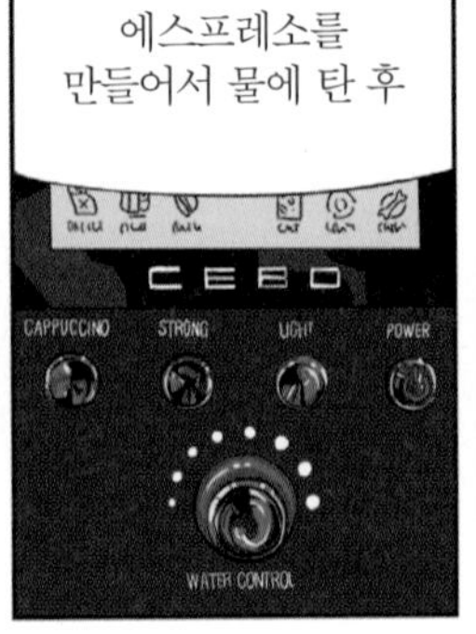
에스프레소를
만들어서 물에 탄 후
CEBO
CAPPUCCINO
STRONG
LIGHT
POWER
WATER CONTROL

이렇게 아메리카노가
나오죠.
주루루루

드셔 보세요.

!!!!

봉지 커피는
다 치웠습니다.

아… 이런!

아!

어휴. 이젠
안 봬도 되나
싶었는데
또….

아가씨 소식 들었어.
병원 그만뒀다면서? 왜?

지금 왜냐고
물으셨어요?
할머니랑
실랑이하는 게
힘들어서
그만뒀어요!

이… 이거 미안해서
어쩌지?

됐어요!
난 짐 챙기러 온 거지
할머니 보러 온 거
아니에요!

NIC PC
임대
NH Bank
NH농협은행

원장실
통 통

철컥
어머나.
할머니, 이 밤에
웬일이세요?

매일 원장실에
불이 켜져
있어서….
들어오세요.

커피 한잔
하시겠어요?
아… 아니.
바꾼 커피는 여엉~

저도
마찬가지예요.
스윽

아무리 원두커피가 좋다 해도
전 이 커피가 더 좋네요.

나 때문에 직원을
그만두게 해서
미안해.
그래.
왜 그러신
거예요?

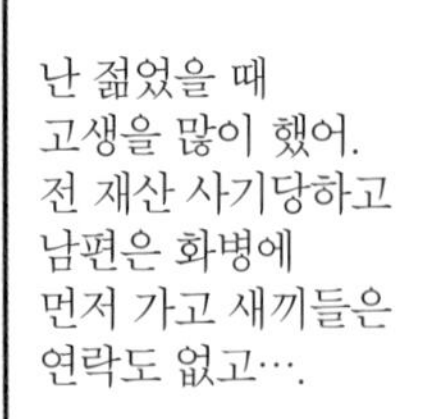
난 젊었을 때
고생을 많이 했어.
전 재산 사기당하고
남편은 화병에
먼저 가고 새끼들은
연락도 없고….

꾹꾹 참고 지내다
치과병원에 와서
사람들이
고통받는 걸 보니
십 년 묵은 체증이
쑥 내려가는
듯했지.

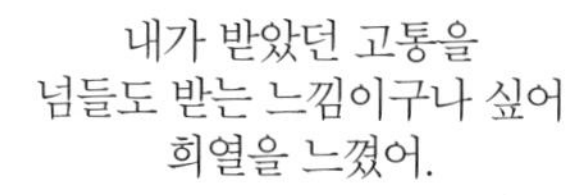
내가 받았던 고통을
넘들도 받는 느낌이구나 싶어
희열을 느꼈어.

그래서 직원을
괴롭히신 거예요?
너도 고통을
받아봐라?

응.
젊은 아이들이
깔깔대면서
재미있게
사는 게 샘이
나서 계속….

저는 단순히
오갈 데 없으셔서
자주 오시는구나 싶었는데….

거기다가 봉지 커피를 가져가믄
친구들이 좋아해서 커피 도둑질을
멈출 수가 없었어.

야.
커피 드세요.
식으면 맛이 변해요.

이젠 앞으로 병원
자주 들락날락
하시면 안 됩니다.
공과 사를
분명히
해주세요.

야.

그래서….

이건 뭐예요?
출출할 때 드시라고
계란 삶아왔어.

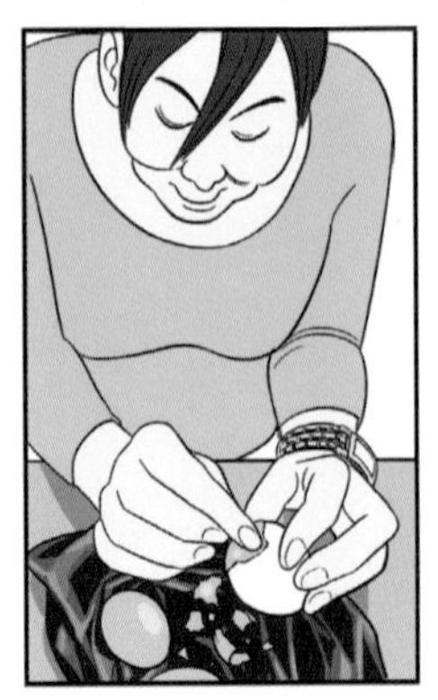

으음! 이 맛이야!

삶은 계란은
학생 때 야식으로
많이 먹었던 거예요.

자. 더 잡숴.
할머니도 드세요.

봉지 커피랑 삶은 계란 때문에
옛날 생각이 납니다.
고맙습니다.

커피 한잔 더 하실래요?
쭈욱

방해되지 않겠수?

괜찮아요.

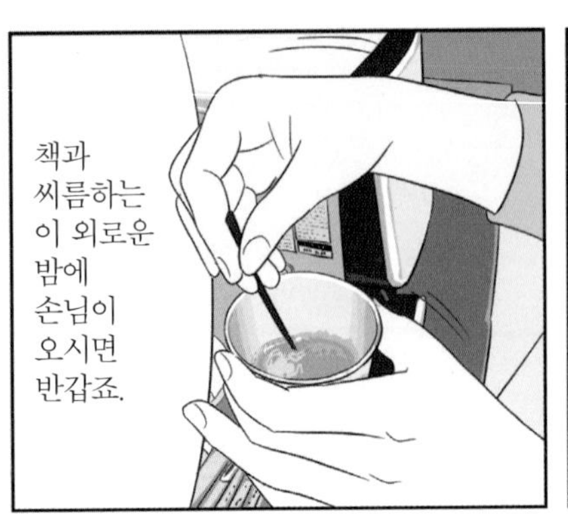
책과
씨름하는
이 외로운
밤에
손님이
오시면
반갑죠.

이 늙은이도 무거운 짐을
덜어낸 것 같아 기분이 가볍네.

저녁에 가끔 오세요.
봉지 커피는
제가 준비할게요.

삶은 계란 갖고 올게.

좋죠! 꼭이요!

봉지 커피와 삶은 계란의 맛이 어떠냐고요?
밤하늘의 보름달처럼 넉넉해지는 맛이라고 할까요?
한번 시도해보세요.
의외의 조합이 의외의 맛을 선사합니다.

허영만 제2의 강고비를 만나다

허영만 화백과 바리스타과 학생들과의 만남
커피도, 만화도 배우는 과정은 다르지 않다

가을이 깊어가는 어느 날, 허영만 화백은 한국바리스타협회(Barista Association of Korea)의 주관으로 제2의 강고비를 꿈꾸는 예비 바리스타들을 만나기 위해 한남동의 한 카페를 찾았다. 향긋한 커피 향이 가득했던 카페에는 연희실용전문학교 커피바리스타과 학생들이 허영만 화백의 이야기를 듣기 위해 모여 있었다.

언뜻 만화가와 예비 바리스타 사이에서 어떤 이야기가 오갈 수 있을지 의문이었지만 꿈을 향해 열정을 가지고 살아간다는 공통점이 그들 사이의 거리를 좁혀주었다. 그래서인지 일흔을 향해가는 만화가와 갓 스무 살을 지난 예비 바리스타들의 나이 차가 무색할 만큼 뜨겁고 치열한 이야기가 오갔다.

만남의 자리는 먼저 허영만 화백이 예비 바리스타들에게 들려주고 싶은 이야기를 한 뒤 질의응답의 시간을 갖는 순서로 진행되었다. 막상 자리를 채운 학생들이 생각보다도 앳돼 보였는지, 허영만 화백은 내심 놀란 얼굴로 이야기를 시작했다.

허영만 제가 『커피 한잔 할까요?』를 연재한 지 어느덧 1년이 다 돼 갑니다. 바리스타라는 단어를 알게 된 지도 얼마 안 됐는데, 커피를 인연으로 이제 막 바리스타가 되기 위해 준

비하는 여러분을 만나게 되니 마치 여러 명의 '강고비'를 만나는 것 같아 반갑습니다. 스무 살이 갓 넘은 여러분을 보니, 어린 나이에 바리스타가 되겠다고 결정한 여러분과 제 어릴 적 모습이 많이 닮아 있다는 생각이 듭니다. 어린 나이에 큰 결정을 한 만큼 부담도 클 것 같은데, 전부는 아니지만 그 무게를 저도 조금은 알 수 있을 것 같습니다.

허영만 화백은 자리에 모인 예비 바리스타들처럼 어린 나이에 꿈을 결정하게 되었던 자신의 계기에 대해 풀어놓았다.

허영만 제가 고등학교 2학년 후반 즈음 아버지 사업이 어려워져서 아버님께 "넌 대학에 진학할 수 없다"는 말을 들었어요. 제가 원래는 결단력이 강한 사람은 아닌데 그 이야기를 듣는 순간 '그래? 그러면 앞으로는 만화를 그리면서 살아가야지' 하는 생각이 들었습니다.
그 이유는 매일 학교가 끝나면 만화방을 들를 만큼 만화를 좋아하기도 했고, 내가 가진 능력이 그림을 그리는 것밖에 없어서였기도 했어요. 대학을 간다면 미대를 가고 싶었거든요. 앞으로 내가 어떻게 살아갈 것인가, 10년 후 20년 후 내 모습이 어떻게 돼 있을 것인가 그런 생각까지는 안 했던 것 같아요. 다만 성격상 조직 생활을 하기는 어려울 것이라 예상했어요. 그 당시에는 아르바이트를 해서 학교를 다닌다는 생각은 할 수 없었던 시기였기도 하고요.

이어서 허영만 화백은 꿈을 결정한 이후 살아온 치열한 시간들에 대해 이야기하기 시작했다.

허영만 고3이 돼서는 다른 친구들은 밤새 공부를 하는데, 저는 밤새 그림을 그렸어요. 그렇게 그린 만화를 지금까지 그리고 있는데 한번은 저희 형님이 그런 말씀을 하시더라고요. "넌 참 운이 좋아서 인생이 잘 풀렸다." 그 이야기를 듣고 저는 속으로 이런 생각을 했어요. '운이 좋다는 말은 내가 어떻게 살아왔는지 모르니까 할 수 있는 이야기다.' 그만큼 저는 외롭고 치열하게 그림을 그렸어요. 누구도 나에게 도움을 줄 수 없고, 누구도 나를 대신해줄 수 없는 일이었거든요. 운은 최선을 다한 다음에 따라오는 것이지, 운만으로 인생을 살아갈 수는 없는 것이지요.
지난 7월에 예술의 전당에서 전시회를 했습니다. 그때 세보니 지금까지 제가 그린 타이틀이 215개더라고요. 스스로 깜짝 놀랐어요. 그렇게 많은 줄은 몰랐거든요. 저도 궁금하

긴 했지만 세볼 생각은 못 했었는데 요즘은 컴퓨터가 다 세주더라고요. 무서운 세상이야…(웃음). 그걸 보니까 "아, 내가 정말 열심히 살았구나" 하는 생각이 들더라고요.

40여 년의 세월 동안 쉬지 않고 만화를 그려온 화백의 얼굴에는 지난 시간들이 스쳐지나가는 듯했다. 그리고 그는 예비 바리스타들에게도 자신이 지나온 것처럼 재미있고 성실하게 시간을 보내라는 조언을 덧붙였다. 가장 평범하지만 가장 무거운 말처럼 느껴졌다.

허영만 저는 아직도 매일 그림을 그립니다. 제가 여러분께 이런 이야기를 하는 이유는 만화를 그리는 것이나 커피를 만드는 것, 그 마음가짐은 다를 게 없다고 생각하기 때문이에요.
저는 만화를 그리는 것이 여전히 즐거워요. 출판사에서 출판해준다고 하는 것도 아니고, 남이 그려달라고 해서 그리는 것도 아닌데 내가 그리고 싶은 것을 그리니까 재미있거든요. 결국 내가 재밌어하는 만화를 독자들도 좋아해줄 거라고 생각하고요.
요즘도 새벽에 만화 소재를 생각하다가 깰 때가 많아요. 일상을 사는 머리와 만화를 그리는 머리가 따로 있는 것 같아요. 연재를 하면서도 항상 다음 연재에 대해 생각하지 않을 수가 없어요. 다음 연재를 어떻게 풀어내야 할지 자나 깨나 생각하는데, 어떤 날은 잠결에 이야기가 풀릴 때가 있어요. 그러면 그걸 잊어버릴까 봐 얼른 일어나서 적어놔요. 항상 긴장을 늦출 수가 없어요. 커피를 만드는 사람도 마찬가지일 거라고 생각해요.

예비 바리스타 학생들도 화백의 열정에 감탄하며 숨죽여 이야기를 듣고 있었다.

허영만 대학을 못 간 콤플렉스가 33살 때까지 남아 있었어요. 그래도 우리 때는 대학 진학률이 지금보다는 낮았기 때문에, 지금 대학을 가지 않는 청년들이 갖는 상대적인 박탈감이나 소외감보다는 덜 했겠지요.
그런데 어느 날 가만히 생각해보니 내가 대학을 가지 않은 4년의 시간을 12년처럼 썼다고 자신할 수가 있겠더라고요. 저에게는 공강도, 휴일도, 방학도 없었어요. 한 달에 채워야 하는 작업량이 정해져 있었기 때문에 쉬지 않고 만화를 그렸어요. 그런 생각을 하니 콤플렉스가 극복되더라고요. 결국 부족한 부분을 채울 수 있는 것은 노력뿐이라는 생각을 여전히 하곤 합니다.

하지만 최선을 다하며 살아온 길이라고 해서 힘들고 어려운 순간이 없었던 것은 아니었다. 그에게도 갈등의 순간, 주저하게 되는 순간, 용기가 나지 않았던 순간이 있었다.

허영만 『꼴』이라는 관상 만화를 그리기 전이었어요. 출판사에서 관상 만화를 그려보지 않겠냐는 제안을 받았어요. 그런데 내가 잘 모르는 이야기를 그릴 수 있을까 하는 생각이 들어 생각해본다고 하고 집에 왔어요. 그런 다음 집에 와서 가족들에게 물어봤죠.
"내가 관상 만화를 그리면 어떨까?"
가족들은 내가 잘할 수 있는 소재를 그리라고 하더라고요. 그래서 그리지 않겠다고 결심했어요. 그러다가 에베레스트 원정을 떠날 기회가 있었어요. 물론 정상에는 못 올랐지만…(웃음). 그때 베이스캠프에 혼자 누워서 이 생각 저 생각하는데 관상 만화 생각이 나는 거예요. 그 순간 '관상이라는 것이 정해져 있다면 귀하게 살고 천하게 사는 것이 이미 정해졌다는 이야기인가? 그게 합당한가?' 이런 생각이 들면서 관상이라는 소재에 흥미가 생기더군요. 그 순간 국제전화로 출판사에 바로 전화해 "관상 만화 작가 정해졌습니까? 안 정해졌다면 제가 할 테니까 기다려주세요." 그래서 귀국하자마자 관상 선생님을 만나러 갔습니다.
아무래도 잘 모르는 분야라는 부담이 가장 심했기 때문에 무엇을 얼마나 배워야 할지 먼저 선생님께 물었습니다.
"사람 얼굴이 보일 정도로 공부를 해야 한다면 얼마나 해야 합니까?"
"3년은 하셔야 합니다."
그런데 만화 하나를 그리기 위해 3년을 공부해야 한다고 생각하니까 망설여지더라고요.

3년을 공부해서 언제 만화를 그릴 수 있을까 싶고. 그런데 그때 그 선생님이 중요한 말씀을 해주셨어요.
"공부를 하든 안 하든 3년은 지나갑니다."
그 말에 머리를 맞은 것 같았어요. 그래서 관상 만화를 그리기로 결심했습니다.
버나드 쇼(영국의 극작가이자 소설가)의 묘비에 적힌 유명한 말도 있잖아요. '우물쭈물하다가 내 이렇게 될 줄 알았지.' 일을 하거나 안 하거나 시간은 잔인하게 흘러갑니다. 그러니까 우물쭈물할 시간이 없어요. 여러분도 진로에 대한 중대한 결정을 하기까지 많은 시간을 들였겠지만 일단 결정을 했다면 망설이지 말고 최선을 다하길 바랍니다.

준비한 이야기를 마무리하며 화백은 지금 연재하고 있는 『커피 한잔 할까요?』를 그리며 느끼는 생각과 함께한 학생들에게 남기고 싶은 이야기를 더했다.

허영만 커피 공부를 하는 것은 저에게 낯설고 어려운 일입니다. 하지만 그래도 꾸준히 공부하고 있어요. 모르기 때문에 보이는 부분도 있고, 알아가면서 할 수 있는 이야기도 생기는 것이지요. 또 거기에 어떻게 사람 사는 이야기를 더할 수 있을까 고민하는 과정은 데뷔 때부터 지금까지 해왔지만 여전히 어려운 일입니다.
여러분이 공부하는 커피도 경쟁이 굉장히 심한 걸로 알고 있어요. 그런데 그 틈새를 뚫고 어떻게든 들어가야 하기 때문에 고민이 많겠지요. 하지만 더 치열하게 고민해야 돼요. 그렇지 않으면 성숙해질 수 없습니다. 고민하지 않고 세상에 던져지면 아무것도 제대로 해낼 수 없어요. 남들보다 빨리 고민하게 된 것을 부담으로 여기지 말고, 행운으로 생각하면서 살아갈 수 있으면 합니다.

이어서 학생들의 질문이 이어졌다.

예비 바리스타1 어떻게 커피에 대한 만화를 그리게 되셨는지 궁금합니다. 그리고 연재하시면서 가장 어려운 부분은 어떤 것인지도요.
허영만 창작하는 사람들은 소재에 대한 갈증을 항상 느낍니다. 어쩌면 바리스타도 창작을 하는 사람이라고 생각해요. 커피를 어떻게 블렌딩해야 할지, 어떻게 새로운 맛을 낼지 끊임없이 고민할 테니까 말이에요.
하루는 아들이 "아버지, 길거리에 지나가는 사람들을 한번 보세요. 사람들이 전부 커피

를 들고 다니거든요? 그만큼 커피에 대한 관심이 높다는 이야기일 텐데 커피에 대한 이야기를 써보면 어떠세요." 곰곰이 생각해보니 사람들이 커피를 정말 많이 마시더라고요. 관심도 많고…. 그래서 커피에 대한 만화를 한번 그려보자는 생각을 했죠.
그런데 막상 그리려고 하니 커피에 대해 아는 게 없더라고요. 처음에는 전혀 몰랐던 분야라 두렵기도 했어요. 하지만 배우면 된다고 생각했어요. 어차피 내가 잘 아는 소재만으로 만화를 수십 년씩 그릴 수는 없으니까…. 그래서 주위에 커피를 좋아하는 사람들에게 묻기도 하고 전문가를 수소문해서 커피에 대해 많이 배웠어요. 책도 많이 읽었고요. 또 글 작가와도 많은 이야기를 나누었지요. 취재를 가서도 부지런히 살펴보고 사진을 찍어 몇 번씩 봤어요. 그런데도 정확히 그리지 못했다는 지적을 받기도 해요. 커피 종류에 따라 잔의 종류도 달려져야 하는데 처음엔 그걸 몰랐으니 잘못 그렸어요. 커피 만화를 그리기 전에는 커피를 아무 컵에나 내려 마시면 되는 줄 알았거든요. 그렇게 배워가면서 그렸고 지금도 공부하면서 그리고 있어요. 여전히 그 점이 가장 재미있으면서 어려운 것 같아요.
두 번째 어려운 점은, 젊은 독자들을 만나는 것이 갈수록 쉽지 않다는 점이에요. 지금 『커피 한잔 할까요?』를 신문에서 연재하고 있는데 젊은 친구들이 예전만큼 신문을 보지 않거든요. 젊은 독자들이 읽어주었으면 하는 마음으로 그린 만화인데 정작 젊은 친구들을 만날 공간이 부족하니 어떻게 해야 할지에 대한 고민이 늘어가요. 그것도 갈수록 어려운 점이라고 생각하고 있어요.

예비 바리스타2 젊은 바리스타에게 권하고 싶은 경험이 있다면 어떤 것인가요?
허영만 최소한의 경비로 전 세계의 커피 벨트를 돌아보라고 권하고 싶어요. 좀 황당하게 들리나요?
예전에 어린 문하생들이 만화를 배우다가 독립한다고 하면 저는 아무 말 하지 않고 내보냈어요. 물론 다들 그런 분위기니까 자진해서 나가는 문하생들이 더 많았지만…(웃음).
저는 가장 감각적일 시기에 자기 작품을 그려봐야 한다고 생각해요. 3년, 5년씩 화실에 있으면서 발전 없는 문하생들도 있어요. 그러면 그 친구들한테 저는 이런 이야기를 했어요. "내가 너라면 원양어선을 타겠다"고. "원양어선을 1년 정도 타고 오면 고생은 하겠지만 매일매일 만화 소재가 넘칠 것이다. 아마 향후 5년은 만화를 넉넉히 그리지 않을까" 하고 말이에요.
물론 답답한 마음에 한 이야기이지만 저는 더 이상 발전이 없다고 생각되거나 발전이 필

요할 때 극단적인 경험을 할 필요도 있다고 생각해요.
저는 문하생들이 제가 가진 좋은 점들을 다 가지고 가길 원해요. 문하생들에게도 나한테서 빼먹을 건 다 빼먹으라고 이야기하지요. 대신 내가 가진 근성도 꼭 배워 나가라고.
그래서 저는 여러분이 젊을 때 과감한 도전을 해봤으면 좋겠어요.
얼마 전에 호주에 사는 20대 청년에게 메일을 하나 받았어요. 원래는 한국에서 평범하게 대학 생활을 하다가 '이렇게 살아도 될까' 하는 고민 끝에 해외에서 워킹홀리데이를 해보기로 결심했대요. 처음에는 말도 안 통하는 외국에서 일을 하려니 힘들었는데 우연한 기회에 바리스타 과정을 이수하게 됐다고 합니다. 그런데 배우다 보니 커피가 너무 재밌었다는 거예요. 그래서 매일 밤낮을 가리지 않고 커피에 대한 공부를 했대요. 이론적인 것은 물론이고 다양한 커피 매장에서 실제 바리스타 경험을 하면서 1년이 넘도록 일을 했고 지금은 아주 작지만, 번듯한 매장을 직접 내서 매일 커피콩을 고르고, 로스팅하고, 직접 커피를 만들어 판매한다고요. 그 메일을 받고 참 뿌듯했어요. 기특하기도 했고요.
방 안에 가만히 있으면서 발전할 수는 없어요. 어디든 나가서 직접 부딪쳐야 해요. 실패해도 괜찮아요. 가진 게 없을 때는 실패해도 잃을 게 시간 밖에 없으니까요. 나이가 들어 실패하면 잃는 것도 많아서 극복하는 데 시간도 더 많이 걸려요. 몰라도 괜찮아요. 배우면 되니까요. 내 나이가 일흔을 다 돼 가는데 저도 여전히 새로운 소재로 만화를 시작할 때는 여기저기서 배우고 공부해요. 그러니 여러분들이 배우겠다고 결심하면 얼마든지 더 많은 것을 알아갈 수 있지 않겠어요?
젊을 때 몸을 던지는 경험을 해본 사람은 사실 커피가 아니라 무슨 일이든지 잘해낼 수 있다고 생각해요. 나는 요즘 젊은이들을 보면 그런 점이 아쉬워요. 모든 것을 다 누리면

서 목표에 다가갈 순 없어요. 결단하고 포기할 건 포기하는 것을 배우는 것부터가 지혜롭게 살아가는 한 가지 방법인 것 같아요.

예비 바리스타3 살아가면서 고난과 역경이 있었을 텐데 어떻게 극복하셨는지 궁금합니다.
허영만 한 22~23년 전, 그때 만화 주간지가 처음 발간됐어요. 그러면서 신예만화가들이 쏟아졌거든요. 그런데 보니까 다들 너무 잘 그리더라고요. 그때 처음으로 위기감을 느꼈어요.
보통 주간지에는 만화가 25명 정도가 참여합니다. 그런데 잘리지 않고 계속 만화를 안정적으로 그리기 위해서는 그중에 5등 안에는 들어야 돼요. 그래서 그때 있던 서울 집을 팔고 당시에는 버스가 하루에 2~3번 밖에 다니지 않던 마석으로 들어가 1년간 열심히 만화를 그렸어요. 그게 바로 『세일즈맨』이라는 만화였습니다. 그러고선 『세일즈맨』을 내놓으니까 한 3등, 4등 하더라고요. 그러면서 생각했어요. '나에게는 신예들에게 없는 연륜이 있다. 구체적으로 취재하면서 그들이 못 그리는 것을 그리면 된다.'
또 한번은 『타짜』 연재 중일 때였어요. 그때 누굴 만나도 『타짜』 이야기를 하고 그랬거든요. 그런데 하루는 출근하는데 이상하게 눈물이 펑펑 쏟아지더라고요. 그래서 한강고수부지에 차를 세우고 한참을 울었어요. 내가 너무 지쳤다는 생각이 들더라고요. 그때부터 만화를 그만둘 이유만 찾았어요. 책임져야 할 사람들이 있으니까 그냥 그만둘 수는 없으니 핑계를 찾는 거죠. 그렇게 한참 지내다가 광화문을 지나가는데 어떤 회사원이 오더니 절더러 "혹시 허영만 씨 아니세요?" 하는 거예요. "그렇다" 그랬죠. 그러더니 자기가 평생 만나고 싶었던 사람이 세 명이 있는데 그중 하나가 저였다고 하더라고요. 평생 좋은 작품 많이 그려달라고. 그때 느꼈어요. '아, 나를 기다려주는 사람들이 있는데 이렇게 그만둬서는 안 되겠다.' 그때부터 없던 힘이 생겨서 지금까지 만화를 그리고 있습니다.
저는 여러분이 커피를 만드는 것도 마찬가지라고 생각해요. 분명 힘든 순간은 옵니다. 하지만 여러분의 커피 때문에 행복하다고 말해줄 사람도 나타날 거예요. 그런 커피를 만들 수 있을 때까지 포기하지 않았으면 좋겠어요.
위기가 오면 극복할 수 있는 방법은 꼭 생긴다는 걸 기억하세요. 대신 자기가 좀 단단해야 돼요. 방법을 찾기 전에 무너지지 않도록.

예비 바리스타4 꿈을 찾아서 바리스타가 되기로 결심했는데 막상 돈이 없으면 아무것도 할 수 없는 것 같아요. 요즘은 제가 꿈을 찾으러 왔는지 돈을 좇으러 왔는지 잘 모르겠어요. 어떤 것을 추구하면서 가는 게 맞는 걸까요?

허영만 저는 흔한 이야기지만 평생 할 수 있는, 자기가 좋아하는 일을 찾으라고 말하고 싶어요. 지금도 제 아내는 저에게 그런 말을 해요. “당신은 만화 그릴 때 말고는 쓸모없는 사람”이라고요. 한번은 벽시계를 바꿔야 하는데 못을 박고 시계를 거는 데까지 6개월이 걸렸어요. 그러니까 아내가 그런 말을 할 만도 하죠.
지금 저는 만화 아니고서는 할 수 있는 일이 없어요. 그러니까 더 절박해져요. 절벽 위에 서 있는 느낌이에요. 그런데도 좋으니까 하는 거예요. 시간이 지나고 나이가 들수록 더 잘하고 싶어져요.
구조적인 문제 때문에 청년들이 어렵다는 것은 알지만 그럼에도 저는 돈은 둘째라고 말하고 싶어요. 저는 매일매일 불안정했어요. 이 연재가 끝나면 다음 연재를 받아줄 연재처가 있을까, 세상이 냉정하기 때문에 만화가 재미없다고 받아주지 않으면 어떡하지… 그런 고민이 항상 있었어요. 그래도 내가 좋으니까 지금까지 더 잘해보고 싶어서 노력했고 결국 나머지 것들은 따라오더군요.

예비 바리스타5 앞으로 어떤 만화를 그리고 싶으세요?

허영만 제가 올해 예순 여덟이에요. 그런데도 아직까지 일을 하고 있고, 아직도 내 만화를 기다리는 독자들이 있다는 것은 어마어마한 축복이지요. 가능하다면 최대한 오래 이 일을 하고 싶어요.
그리고 한 가지 바람이 더 있다면 경쟁하지 않아도 되는 만화를 그리고 싶어요. 지금까지는 책을 팔아야 출판사나 포털에서 연재할 수 있으니까 항상 경쟁 만화를 그려왔는데 연재나 출판을 하지 않더라도 내가 재미를 느끼면서 그릴 수 있는 만화를 그리고 싶어요. 이 꿈을 이루기 위해 오늘도 만화를 그리고 있습니다.

한 시간 반여의 짧은 만남의 시간은 금세 지나갔다. 화백도, 예비 바리스타 학생들도 아쉬운 눈빛이 가득했지만 묻고 싶은 이야기도, 하고 싶은 이야기도 앞으로 연재될 『커피 한잔 할까요?』의 메시지를 통해 전해지지 않을까 싶다.
화백과의 만남이 있던 다음 날, 바리스타로서 전문 기술과 실무능력을 겨루는 대회인 ‘1883 바리스타 챔피언십’ 대회가 있었다. 그날 좋은 기운을 받아서일까. 대회의 대상이 서울연희실용전문학교 커피바리스타과에 돌아갔다는 반가운 소식이 전해졌다.
그들이 앞으로 성장하며 보여줄 커피의 세계가 더욱 기대될 따름이다.

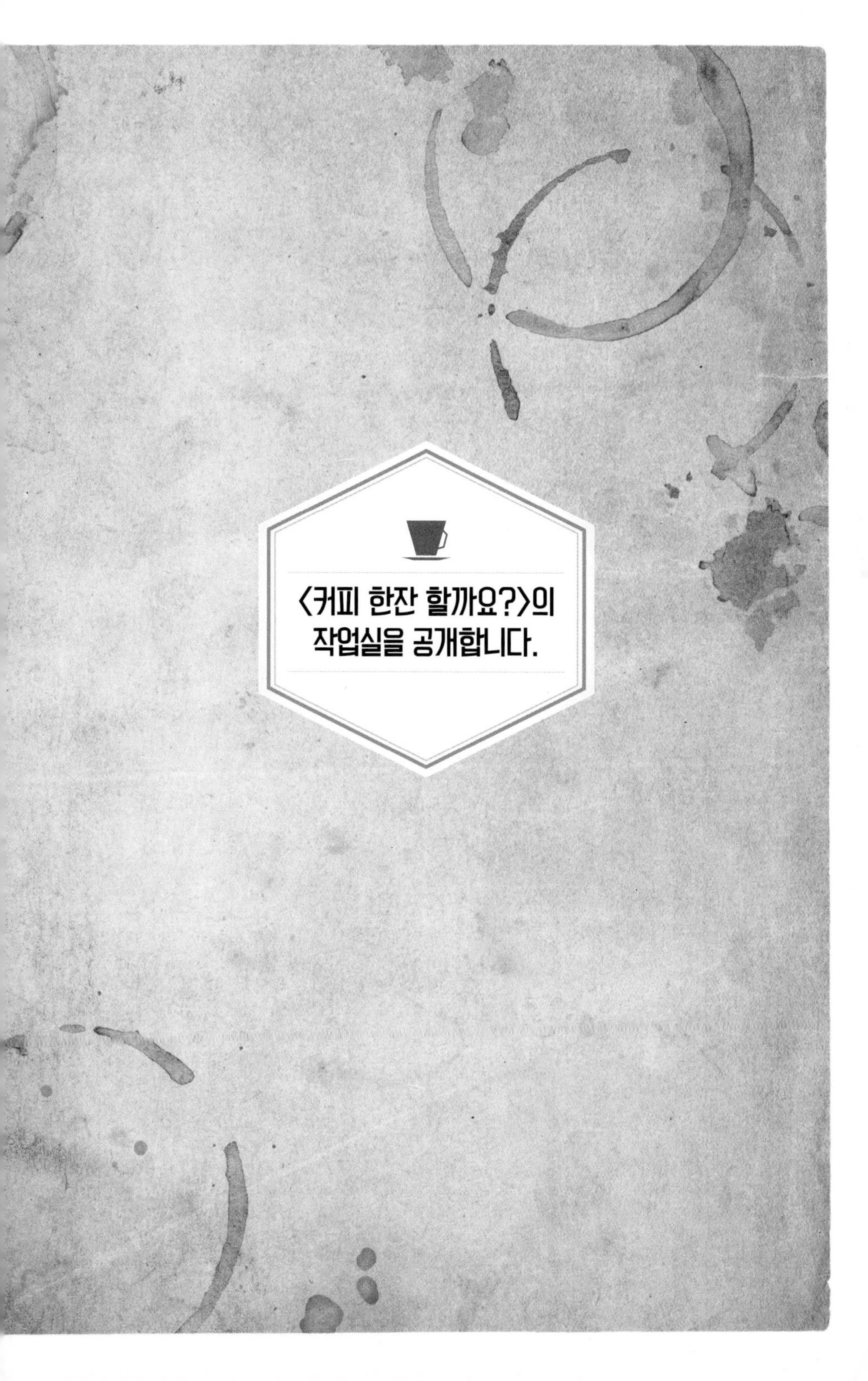
〈커피 한잔 할까요?〉의
작업실을 공개합니다.

16화
〈그라인더를 돌려라〉 취재일기

16화에 등장하는 번역가의 실제 주인공은 다양한 분야의 전문 서적 번역가로 왕성하게 활동하고 있는 김병순 선생이다. 우연한 기회에 커피와 관련된 책 번역에 대한 흥미로운 경험담을 듣게 되었고 그 인터뷰를 바탕으로 약간의 가공을 거쳐 에피소드를 완성했다.
김병순 선생은 원래 인스턴트 커피를 마시는 수준이었으나 번역 작업 중 내용에 공감할 수 없어 문제가 생겼고 고민 끝에 원두커피 세계에 입문했다고 한다. 그렇게 드라마처럼 원두커피와 함께하면서 번역한 책이 바로 『커피, 만인을 위한 철학(따비출판사)』이다. 철학이란 단어 때문에 어려운 책으로 느낄 수도 있지만 실제로는 술술 읽힐 정도의 다양한 예시와 분석이 담겨 있다. 커피와 관련하여 인문학적 소양을 키우고 싶은 독자들에게 추천한다.

커피 이야기를 연재하면서부터 생활에 작은 변화들이 생겼다. 그라인더 돌리는 습관도 그중 하나다. 언제부터인지 모르게, 특히 작업 중에 짜증이 나거나 화가 올라오면 그라인더를 돌리게 되었고 여러모로 안정감을 얻게 되었다. 커피 향기가 신경을 안정시켜준다는 과학적인 근거도 있으나 중요한 것은 '드르륵 드르륵' 원두를 갈다 보면 내 마음의 모난 부분도 함께 갈린다는 것이다.

17화
〈미스터 클레버〉 취재일기

우리나라에서 '드립커피'는 일반적으로 '핸드드립'을 의미하며, 핸드드립은 전문가의 영역으로 여겨진다. 수많은 종류의 원두와 드리퍼의 특징과 특성을 파악하고 그에 적합한 조합을 찾아내 추출하는 과정이 바로 '핸드드립'이기 때문이다. 이 점이 집에서 드립커피를 즐기고 싶은 일반인은 물론 예비 창업자나 바리스타까지 핸드드립을 부담스러워 하는 이유이기도 하다.

이럴 때 추천하고 싶은 드리퍼(Dripper)가 바로 클레버(Clever)다. 클레버는 단어의 뜻 그대로 영리하고 현명한 드리퍼다. 간단한 레시피만 지킨다면 비전문가도 수준급의 커피 맛을 추출할 수 있고, 지속적으로 균일한 맛의 커피를 만들 수 있다. 방법도 간단하다. 분쇄 원두와 끓인 물을 섞어 일정 시간 동안 기다렸다 컵 위에 올려놓기만 하면 된다. 이 방식을 전문 용어로 침지식이라 하고, 클레버는 원두 종류에 상관없이 일정 수준 이상의 향과 맛을 끌어낸다. 현장에서는 '웬만한 바리스타보다 낫다'는 우스갯소리까지 할 정도다. 청소가 쉽다는 또 다른 장점도 있다.

물론 단점도 존재한다. 생두는 나라별, 대륙별 고유의 개성이 존재하며 이 개성을 살리는 로스팅 과정을 거쳐 원두로 탄생한다. 클레버에서 사용자가 통제할 수 있는 변수는 침지 시간 정도이기 때문에 원두 고유의 개성을 살리기는 어렵다. 그럼에도 '누구나 추출할 수 있다'는 매력 때문에 많은 사람들로부터 사랑받고 있다.

18화
〈고비의 선택〉 취재일기

아메리카노와 비슷한 맛이 나는 틴토는 콜롬비아의 국민 커피다. 아침에 허기를 달래기 위해 우유를 타서 마시고, 느긋한 오후에는 휴식 시간을 함께하고, 저녁 식사 후에는 이탈리아인들이 에스프레소를 즐기듯 마신다. 부녀자들의 수다 시간에도 빠질 수 없는 음료로, 가정이나 거리, 카페나 레스토랑에서 쉽게 틴토를 만날 수 있다.
이렇듯 틴토가 콜롬비아인들의 희로애락이 담긴 커피이다 보니, 타향살이 하는 콜롬비아인들에게 틴토는 늘 그리움의 대상이다. 취재원이었던 마르셀라 역시 어렵게 재연한 틴토 한 잔을 마시며 이미 돌아가신, 늘 흔들의자에 앉아 먼 곳을 바라보며 틴토를 마시던 할머니 생각에 눈물을 흘리고 말았다.

엘 카페는 일반인들에게 카페로 알려져 있지만 속을 들여다보면 생두 수입업체로 더 유명하다. 이 엘 카페를 진두지휘하고 있는 강인규 대표와 그의 아내 마르셀라는 1996년 영국 유학 시절 만나 결혼에 골인한 국제 커플이다. 유학생 신분으로 가장이 된 강 대표는 커피 강국 콜롬비아 출신 아내의 권유에 따라 생두 시장에 발을 들여놓았다고 한다. 당시 국내 원두커피 시장은 태동기였고 생두 수입의 대부분을 일본에 의존하던 시기였으므로 해볼 만한 승부였던 셈이다.

각고의 노력과 원두커피 시장의 확장으로 엘 카페는 성장을 거듭하며 지금은 생두 수입업계에서 소위 '힘 좀 쓴다'는 위치를 점하고 있다. 역시 '아내 말 들어 손해 볼 것 없다'는 옛말은 틀림이 없다. 콜롬비아 아내라도 예외는 아닌 것이다.

19화
〈모닝커피〉 취재일기

가끔 "정말 커피 한잔에 사람의 감정이 투영되느냐?"라는 질문을 받곤 한다. 답은 "예스!" 커피를 내리는 사람이 화가 났을 때는 커피 맛이 날카롭고 거칠며 불안한 상태고 맛 또한 출렁이는 파도처럼 들쑥날쑥하다. 반대로 내리는 사람이 즐겁거나 행복하면 맛도 그와 같다. 전문 바리스타라면 더욱 확연히 드러난다. 그래서 커피인들에게 필요한 미덕이 바로 마음가짐이라고 한다.

완벽에 대해서도 마찬가지다. 커피의 완벽을 추구할 수는 있어도 그 완벽함 때문에 마시는 사람이 불편을 느낀다면 이는 소통에 실패한 커피다. "개인적으로 카리스마가 담긴 커피를 선호하지만 손님께는 또 마시고 싶은 커피를 드린다." 대를 이어 카페를 운영하고 있는 해외 유명 로스터의 말이다. 자신은 강렬하고 완벽한 한 잔을 추구했지만, 결국 손님들은 입 안에 여운이 오래 남는 커피를 선호했다고 한다. 여운을 남기려면 맛에 여백이 있어야 하고 손님들은 그 여백으로 인해 다시 카페를 찾는다는 것이었다. 그래서 그 바리스타는 완벽이라는 강박관념에서 벗어나 행복한 커피 만들기를 다시 시작했다고 한다. 느긋하고 여유롭게 맛을 즐기며 마실 수 있는 커피. 차와 비슷한 점이기도 하다.

20화
<커피 한 잔의 가격> 취재일기

커피 한 잔의 원가에 대한 기사가 많다. 물론 훈훈한 내용은 아니다. 대개 생두 한 포대의 가격을 나눠 원가를 계산하고 금액을 밝힌 후 폭리라는 결론에 도달한다. 원가와 소비자가가 2,000~3,000원 이상 차이가 나다 보니 거품 논란은 어쩌면 당연할지도 모른다. 결국 이런 논쟁이 사회적 이슈가 되면 결국 상처를 받는 건 커피 관련 종사자들이다. 억울하다고 항변하려 해도 딱히 방법이 없어 그저 태풍이 지나가기만을 숨죽여 기다릴 뿐이다. 커피가 동네북이라며 자조 섞인 하소연을 하는 이들도 많다. 아이러니한 것은 대기업 프랜차이즈 커피숍보다 개인이 운영하는 카페의 타격이 더 크다는 것이다.
관련 기사에 대해 정확히 말해두자면 커피 한 잔의 원가는 커피 한 잔을 만들기 위해 쓰인 생두 원가를 기준으로 해야 그나마 성립이 가능하다. 자세한 내용은 해당 에피소드에 밝혀두었다. 근거를 위해 몇몇 카페의 도움을 받았다. 그들은 대외비인 매출전표도 과감히 공개했다. 혹시나 싶어 다른 분야의 전문가들에게 교차 확인을 했다. 1,000원짜리 커피도 나오는 세상이니 기존 커피 가격에 대한 원가 논란이 맞나 싶기도 하겠지만 상대 비교가 아닌 절대 비교는 별 의미가 없다. 장인이나 명품 프리미엄 운운하려는 것이 아니다. 기사를 통해서는 커피 한 잔이 나오기까지 투자된 유 · 무형의 비용에 대한 배려는 찾아볼 수 없다. 이런 원가 논란은 부당하다고 생각한다. 싸면 착하고 비싸면 악한 것인가? 물론 이런 이분법적인 논리를 적용하는 것은 비단 커피뿐만은 아닐 것이다.

GIESEN
Guatemala
Antigua
Volcanes
Ethiopia
Sidamo
G2
Indonesia
Gayo
BRAZIL
Coffee
"Dutch"
Quality and Ce

21화
〈사랑의 라테아트〉 취재일기

'커피 위의 예술'이라 불리는 라테아트는 1980년대 후반 미국에서 하트 모양의 라테아트가 고안되면서 시작되었다는 것이 정설로 통하고 있다. 현대 커피의 성지라는 시애틀에서 카페 에스프레소 비바체(Espresso Vivace)를 운영하던 데이비드 쇼머(David Schomer)가 그 중심 인물이었으며, 사람들은 그를 라테아트의 창시자라 부르고 있다(다만 에스프레소의 본고장인 이탈리아에서 먼저 시작됐다는 반론이 제기되고 있어 논란의 여지가 있긴 하다). 하지만 데이비드 쇼머가 라테아트의 선구자이며 대중화에 기여한 인물임에는 누구도 부인할 수 없는 사실이다. 그는 라테아트의 입문이자 교본이라 할 수 있는 '로제타(나뭇잎)' 모양을 창시한 인물이기도 하다.
약 30년 정도의 짧은 역사에도 불구하고 라테아트는 전 세계 바리스타의 필수 기술로 여겨지고 있으며 그 여세를 몰아 매년 '세계라테아트대회'까지 개최되고 있다. 현재는 '글씨'나 입체감을 부여한 '3D'까지 다양한 응용 아트들이 나오고 있다. "라테아트는 결국 사라지는 예술"이라는 말도 있지만 눈과 입에 즐거움을 남기는 커피의 또 다른 매력임은 부인할 수 없을 것이다.

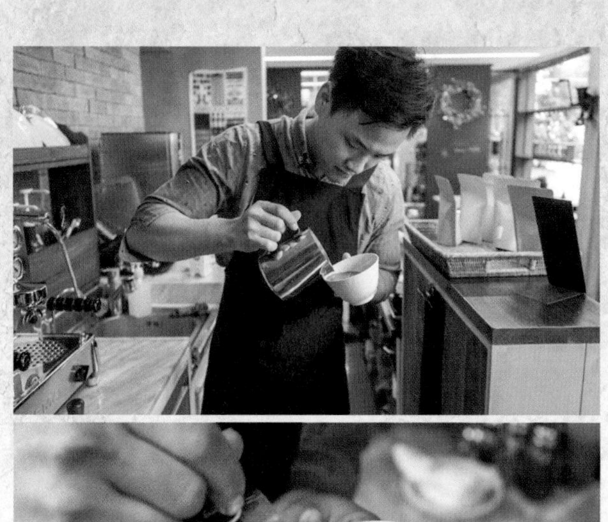

22화
〈봉지 커피와 삶은 계란〉 취재일기

인스턴트 커피 취재를 하면서 놀라웠던 사실은 아직도 인산염에 대한 두려움이 남아 있다는 것이었다. 다시 한 번 밝히지만, 한 봉지의 인스턴트 커피 안에 들어 있는 인산염의 양은 건강에 전혀 해를 끼치지 않는다. 그러니 안심하고 마셔도 된다. 그럼에도 여전히 고개를 젓는다면 그동안 극심한 공포마케팅의 영향을 받아왔다는 증거다. 공포마케팅이란 어떤 대상에 내제되어 있는 두려움의 요소를 다양하고 지속적인 방법으로 공론화하여 소비자에게 현실적인 공포라고 인지시킨 후, 급격한 소비 패턴의 변화를 유도하는 마케팅 방식의 하나다. 주로 후발업체들이 많이 사용한다.
인산염 관련 문제는 여러 권위자와 과학자 그리고 관련업계에서 확인한 사실이다. 서민들의 애환이 담긴 커피에 불안을 담아내는 현실이 못내 안타까울 따름이다.

'봉지 커피와 삶은 계란' 이야기는 금호동에 위치한 서울미플란트치과 전진영 원장과의 대화에서 비롯됐다. 지인들과의 자리에서 이런저런 이야기를 나누던 중 전 원장은 치과 대기실에 마련해놓은 봉지커피가 늘 예상보다 빨리 없어진다며 고충을 털어놓았는데, 그 순간 한 회 분량의 에피소드임을 직감했다. 친목 모임에서 본의 아니게 취재를 하게 된 셈이었다.
다행히 원장님께서 치과 촬영도 흔쾌히 허락하여 만화 배경도 순조롭게 마련할 수 있었다. 예상치 못한 횡재(?)에 감사를 건네니 그녀 역시 고맙다는 인사를 남겼다. 작가는 소재를 얻었고 그녀는 스트레스를 풀었던 것이다. 항상 느끼는 것이지만 취재는 이렇듯 상대방의 이야기를 경청하는 데서 시작되지 않나 싶다.

허영만의 커피 한잔 할까요? 3

초판 1쇄 발행 2015년 12월 11일 **초판 16쇄 발행** 2022년 9월 27일

지은이 허영만 **글** 이호준
펴낸이 이승현

편집1 본부장 한수미
와이즈 팀장 장보라
디자인 조은덕

펴낸곳 ㈜위즈덤하우스 **출판등록** 2000년 5월 23일 제13-1071호
주소 서울특별시 마포구 양화로 19 합정오피스빌딩 17층
전화 02) 2179-5600 **홈페이지** www.wisdomhouse.co.kr

ISBN 978-89-5913-989-7 [04810]
978-89-5913-917-0 (세트)